I0771745

# *flitterwochen zu siebt*

# CHRIS KENISTON

Indie House Publishing

Indie House Publishing

# KAPITEL EINS

„Wie viele Leute braucht man, um einen Koffer zu packen?" Ginnie Ummarino hatte fast die ganze Woche versucht, für ihre Kreuzfahrt zu packen, und jedes Mal, wenn sie ihren neuen Rollkoffer öffnete, gab jemand seinen Senf dazu.

„Vier", riefen mehrere Stimmen im Chor, unterbrochen von Kichern.

Gott wusste, dass Ginnie ihre Schwestern Mina und Jo und ihre Mutter Antoinette von ganzem Herzen liebte, aber ab und zu war es schön, sich ohne Gruppendiskussion eine eigene Meinung bilden zu können. Oder in diesem Fall einen Koffer zu packen, ohne dass Jo Stöckelschuhe dazu packte, Mina den Oma-Bademantel herausnahm und ihre Mutter jedes rezeptfreie Medikament hineinsteckte, das der Menschheit bekannt war. Jeder, der in ihren Koffer schaute, würde denken, dass sie den Amazonas-Dschungel erobern wollte. Das einzige Medikament, das fehlte, war ein Gegengift gegen Schlangenbisse, denn ihre Mutter hatte für Krämpfe, Übelkeit, Migräne, Durchfall, Schnittwunden und Prellungen vorgesorgt.

„Die musst du mitnehmen." Jo hielt die Perlenkette hoch, die Ginnie auf ihrer ersten gemeinsamen Kreuzfahrt gekauft hatte. Sie hatte in ihrem Leben erst zwei Kreuzfahrten gemacht und jedes Mal waren ihre beiden Schwestern dabei gewesen. Alleine zu verreisen, fühlte sich … nun ja … komisch an.

Aber sie stimmte ihr hinsichtlich der Perlen zu. „Die werden perfekt für den formellen Abend sein." Das war der Grund, warum sie sie überhaupt gekauft hatte. Das und die Tatsache, dass sie ihrem pragmatischen Ich einmal etwas gönnen wollte. Ihr ganzes Leben lang war sie als die pragmatische der Ummarino-Schwestern beschrieben worden. Es machte ihr nichts aus, weil sie wirklich pragmatisch veranlagt war, doch liebte sie es auch nicht. Ihre einzige wahre Rebellion in letzter Zeit war der Kauf besagter Perlen gewesen. Obwohl man darüber auch streiten könnte, da sie zu allem und bei allen Gelegenheiten passten. Vielleicht könnte man diese protzige Anschaffung doch unter Pragmatismus einordnen.

„Und denk dran", Jo setzte sich neben den Koffer aufs Bett, „sprich mit den Leuten. Verkriech dich nicht in deinem Zimmer."

„Und denk daran zu lächeln." Mina setzte sich auf die andere Seite des Koffers. „Verlier dich nicht in deinen eigenen Gedanken, weil dich das immer finster dreinblicken lässt."

„Ich blicke nicht finster drein." Sie stopfte ihre Lieblingsshorts in eine Ecke ihres Koffers und riss den Kopf hoch, um ihre Schwester wütend anzustarren. „Ich lächle die ganze Zeit."

„Stimmt." Ihre Mutter kramte im Schrank und nickte. „Ein schönes Lächeln, das jeden guten Mann für dich vereinnahmen kann. Aber du verlierst dich wirklich oft in deinen eigenen Gedanken."

Und wieder fing ihre Mutter mit ihrer Rede über gute Männer an. Die Kreuzfahrt würde einfach werden. Sich zu amüsieren war schließlich keine lästige Pflicht, selbst wenn sie allein verreiste. Eine schöne, entspannende Kreuzfahrt war ein wunderbarer Urlaub, aber allein nach Hause zu kommen, das würde die schwierige Sache sein. Ihre Mutter schien zu dem Schluss gekommen zu sein, dass alles, was sie brauchte, um ihre hartnäckig alleinstehenden Töchter zu verheiraten, eine Kreuzfahrt war. Besonders, da beide ihrer Schwestern genau danach mit einem Verlobten nach Hause gekommen waren. Ihre Mutter würde schrecklich enttäuscht sein, wenn Ginnie genauso allein zurückkäme wie an dem Tag, an dem sie aufbrach.

„Welches dieser beiden Kleider nimmst du?" Ihre Mutter hielt die beiden neuen Cocktailkleider hoch, die sie für den formellen Abend gekauft hatte. Eines war ein klassisches schwarzes Kleid, das ihr bis knapp unter die Knie reichte, mit dezenter Perlenstickerei an den kurzen Ärmeln und einem ansehnlichen Rundhalsausschnitt. Ihr dunkles Haar und ihre Augen kamen in Schwarz immer gut zur Geltung. Das andere war ein bisschen protzig. Es war tiefviolett mit goldenen Akzentfäden, reichte ihr knapp über die Knie und zeigte etwas mehr Dekolleté. Mina und die Verkäuferin hatten darauf bestanden, dass sie das Geschäft nicht ohne dieses Kleid verließ. In Wahrheit gefiel ihr, wie es ihre Figur betonte und gerade genug Kurven zeigte, ohne ihre – wie ihre Mutter sie nannte – breiten gebärfreudigen Hüften zu betonen.

„Ein bisschen Farbe tut dir gut." Zu Ginnies Überraschung reichte ihre Mutter ihr das violette Kleid.

„Ich nehme beide." Ginnie würde das Haus nicht verlassen, ohne ein Ersatzkleid dabei zu haben, falls sie feige wurde. Ganz egal, was ihre Mutter dachte, sie war nicht auf dieser Kreuzfahrt, um einen Ehemann zu finden. Ihre gesamte Abteilung in der Arbeit war für ihr letztes Projekt mit einer Kreuzfahrt belohnt worden. Sie war kurz davor gewesen, sie einer ihrer Schwestern als zweite Hochzeitsreise mit ihrem Mann zu schenken, auch wenn keine von ihnen das nötig gehabt hätte.

Wenn die Pärchen zusammen waren, sahen sie sich immer noch an, als wären sie auf ihrer Hochzeitsreise. An manchen Tagen brachte es sie zum Lächeln, ihre Schwestern so verdammt glücklich zu sehen. An anderen Tagen, wenn sie alle so verliebt aussahen, kam ihr der Würgereiz. Aber sie würde dieses Verliebtsein dem Unglücklichsein jedem Tag der Woche vorziehen.

„Ich finde immer noch, du hättest deinen Cousin Giovanni überreden sollen, mitzukommen." Ihre Mutter legte die beiden Kleider ordentlich neben den Koffer. „Vielleicht hättest du ihm helfen können, ein nettes Mädchen zu finden. Damit er und Onkel Tony glücklich werden."

Alle drei Schwestern verdrehten die Augen, sagten aber nichts. Onkel Tony hatte lange nicht verstanden, dass ihr Cousin Giovanni eigentlich sehr glücklich mit seinem Junggesellenleben war. Der Typ war freundlich, gutaussehend und hatte ein Lächeln, wegen dem die Frauen ihm zu Füßen lagen. Was könnte sich ein Single mehr wünschen? Sie und ihre Schwestern dachten, er war wie Warren Beatty oder George Clooney. Ein Mann ohne biologische Uhr, der einfach das Leben genoss, bis er zu alt war, um mitzuhalten, und dann heiratete und eine Menge Kinder bekam. George hatte zwar nur zwei – aber trotzdem.

Sie faltete die beiden Cocktailkleider und legte sie vorsichtig in den Koffer, klappte den Deckel herunter und zog den Reißverschluss zu. „Und fertig." Ihr Magen drehte sich vor leicht nervöser Vorfreude. Dies würde ihr erster Urlaub alleine sein. Nun, alleine, wenn man von den fünftausend anderen Leuten auf dem Schiff absah. Ihr gefielen die Quiz-Abende und die Shows und sie war mehr als bereit, sich mit einem Lieblingsbuch auf einem Liegestuhl an Deck zu entspannen und etwas Sonne zu tanken. Es würde ihr gut gehen, sie würde viel Spaß haben. Jetzt musste sie sich das nur noch ein paar hundert Mal sagen und alles würde gut werden.

„Toller Toast." Nick Maroney klopfte seinem Vater auf die Schulter. Der Toast war nicht zu lang, nicht zu kurz und war von Herzen gekommen.

„Ich hatte keine Gelegenheit, ihn zu benutzen, als Theresa und Chuck in Vegas heirateten." Sein Vater sah einen Moment lang traurig aus. Als Chuck vor etwas mehr als zwei Jahren bei einem Autounfall starb, war Nicks Schwester am Boden zerstört. Sie waren so ein glückliches Paar gewesen. Der Tag, an dem die kleine Phoebe geboren wurde, war bittersüß. Die große Freude über ein neues Leben und die überwältigende Traurigkeit, dass ihr Vater nicht hier war, um sie zu sehen. Das Licht in den Augen seines Vaters flackerte wieder hell auf. „Sie ist wieder glücklich."

Nick konnte nicht widersprechen. Seine Schwester hatte ein paar Jahre lang mit Alan an derselben Grundschule gearbeitet. Er hatte seine Frau etwas mehr als ein Jahr vor Chucks Tod verloren. Was als Freundschaft und Unterstützung begonnen hatte, entwickelte sich schließlich zu einer Romanze und führte zu ihrer eigenen kleinen Patchwork-Familie.

„Was ich immer noch nicht verstehe, ist, warum jemand, der bei klarem Verstand ist, mit seinen Kindern in die Flitterwochen fahren möchte." Das hatte Nick verwirrt, seit seine Schwester und Alan verkündet hatten, dass sie sich für eine Kreuzfahrt als Hochzeitsreise entschieden hatten und alle Kinder mitnehmen würden.

„Nicht viele Leute müssen sich in den Flitterwochen um Kinder sorgen." Das Grinsen seines Vaters breitete sich auf seinem Gesicht aus.

„Nein", kicherte Nick. „Und schon gar nicht um Flitterwochen zu siebt."

„Es wird lustig. Deine Mutter und ich hatten sowieso einen Vorwand für einen schönen Urlaub gebraucht."

Irgendwie bezweifelte Nick, dass es für seine Eltern ein richtiger Urlaub sein würde, wenn sie fünf Kinder beaufsichtigen mussten, von denen zwei ihre neuen Großeltern kaum kannten. Doch so könnten sie den Flitterwöchnern zumindest etwas Zeit geben, um, nun ja, ihre Flitterwochen zu genießen.

„Sehen sie nicht so glücklich aus?" Nicks Mutter Rose schlich sich an ihren Mann heran. „Nichts ist schöner, als seine erwachsenen Kinder glücklich zu sehen."

Oh, oh. Er wusste, was seine Mutter als Nächstes sagen würde, wenn er nicht schnell verschwand. Wie jede gute italienische Mutter glaubte Rose D'Angelo Maroney, dass ihr Sohn erst glücklich sein könnte, wenn er verheiratet war und Kinder hatte, am besten viele. „Ich sehe Theresa. Ich glaube, sie ruft mich. Wir sehen uns später."

Seine Faust vor den Mund haltend, hustete sein Vater ein wenig und lenkte seine Mutter glücklicherweise ab. „Entschuldige."

„Dieser Husten wird schlimmer."

Sein Vater zuckte mit den Schultern. „Nur die dumme Allergiesaison. Wenigstens habe ich während der Rede nicht gehustet."

„Trotzdem." Seine Mutter runzelte die Stirn. „Ich mache dir einen Honig-Zitronen-Grog, wenn wir nach Hause kommen. Wir können nicht riskieren, dass du krank wirst. Das Schiff legt am Donnerstag ab."

„Keine Sorge, Rose, Liebes. Bei all der Aufregung habe ich heute nur vergessen, meine Allergietablette zu nehmen."

Rose küsste die Wange ihres Mannes und lächelte. „Das hast du gut gemacht, mein Göttergatte."

Sein Vater strahlte. Ob sie nun stritten oder flirteten, seine Eltern waren immer leidenschaftlich. Er konnte sich nicht vorstellen, jemanden nach so vielen Jahren noch so sehr zu lieben. Er hatte in seinem Leben ein paar Frauen kennengelernt, von denen er gedacht hatte, sie könnten die Richtige sein. Doch mit der Zeit verschwand die Hingabe, die er brauchte, um das zu haben, was seine Eltern hatten. Obwohl er nichts dagegen hätte, wenn diese Hingabe mit etwas weniger Unberechenbarkeit einhergehen würde.

„Mrs. Maroney." Die Hochzeitsplanerin trat neben seine Mutter. „Ihre Tochter macht sich bereit, ihren Brautstrauß zu werfen."

„Die Nacht vergeht so schnell." Seine Mutter nickte der Frau zu und hakte sich an der einen Seite bei ihrem Mann und an der anderen bei ihrem Sohn ein. „Lasst uns gehen."

Theresa war bereit, den Brautstrauß zu werfen. Als sie ihre Mutter entdeckte, lächelte sie, drehte sich um, schwenkte das Ding über ihrem Kopf und ließ es durch den kleinen Saal fliegen. Nick hatte keine Ahnung, warum dieses alte Ritual so eine große Sache war, aber jede anwesende Frau hatte sich in der Mitte der Tanzfläche versammelt, und als der Brautstrauß dann durch den Raum flog, hätte man denken können, seine Schwester würde Gold verschenken.

Als der Empfang vorbei war, war Nick mehr als erschöpft. Die ganze Nacht durchzufeiern war nicht mehr sein Ding. Sobald Theresa und Alan in die Nacht hinausfuhren, küsste Nick seine Mutter und seinen Vater und machte sich auf den Heimweg. Zuhause ließ er sich auf sein Bett fallen, ohne sich die Mühe zu machen, seinen Smoking auszuziehen. Doch er nahm sich zumindest ein paar Minuten Zeit, um das Jackett auszuziehen und die Fliege zu öffnen.

Als sein Telefon am nächsten Morgen klingelte, wünschte er, er hätte das verdammte Ding ausgeschaltet. „Hallo."

„Nicky, wir haben ein Problem." Seine Mutter klang verzweifelt.

Er warf die Decke zur Seite und setzte sich auf. „Was ist los, Mom?"

„Dein Vater ist positiv auf Covid getestet worden."

„Hast du ihn ins Krankenhaus gebracht?"

„Nein. Sein Sauerstoffgehalt ist hoch, sein Fieber niedrig, aber sein Husten hält an. Der Arzt hat ihm etwas zum Einnehmen gegeben. Er sagt, er wird sich bald besser fühlen."

„Oh, gut. Also, was ist das Problem?"

„Der Arzt sagt, er wird nicht rechtzeitig zur Kreuzfahrt negativ sein. Du musst für deinem Vater einspringen."

# KAPITEL ZWEI

Ginnie hatte ihre Sachen ausgepackt, ihre Kleider aufgehängt, ihre Schuhe weggeräumt und den Rest in die Schubladen gelegt. Alle paar Minuten blickte sie aus dem Fenster auf den Schifffahrtskanal. In ein paar Stunden würde die Aussicht völlig anders sein – sie würde sich in wogenden Wellen, blauem Himmel und salziger Brise sonnen.

Diese ganze Reise fühlte sich seltsam an. Mina konnte sie nicht begleiten, weil sie und ihr Mann eine Feier zum Hochzeitstag seiner Eltern veranstalteten. Das könnte sie auf keinen Fall ausfallen lassen. Jo hatte alles getan, um ihren Terminplan umzustellen, aber am Ende hatte der Terminplan gesiegt. Da auch keine ihrer Freundinnen so lange Zeit hatte und Ginnie zu pragmatisch war, um eine kostenlose Reise ungenutzt verstreichen zu lassen, segelte sie nun allein aufs Meer.

Sie zog ihr gelbes Lieblingssommerkleid an. Es war an der Zeit, ihre Kabine zu verlassen. Sie konnte das schaffen. Sie schlenderte auf das Oberdeck und lehnte sich an die Reling, während eine Band Calypso-Musik spielte, Kellner mit Tabletts voller Getränke vorbeikamen und das Schiff sich in Bewegung setzte. Aufregung kitzelte ihre Sinne. Sie liebte Kreuzfahrten wirklich.

Ihr Telefon klingelte, das Geräusch erschreckte sie. Sie blickte nach unten und die Nachricht war von Jo.

*Ich wünschte, ich wäre bei dir.* Schnell antwortete sie: *Ich auch!* Noch ein paar Minuten und ein weiteres Klingeln. Diesmal war es Mina. *Viel Spaß!* Das war der Plan. Wer machte schließlich eine Kreuzfahrt, um Trübsal zu blasen? Ein Kellner ging vorbei und sie nahm ein gelb-rotes Getränk auf Eis. „Was ist das?"

„Marvelous Mango." Der Mann lächelte sie an.

„Hört sich gut an." Sie wedelte mit der Zimmerkarte, die um ihren Hals hing, und er gab die Nummer in sein Tablet ein. So weit, so gut. Schon spürte sie, wie der Alltagsstress von ihr abfiel.

Noch ein Klingeln. Was jetzt? Sie hatte keine Schwestern mehr.

*Alles in Ordnung bei dir?* Natürlich. Ihre Mutter.

*Ja, Mama. Das Wetter ist wunderbar.* Da sie kein langes Gespräch beginnen wollte, tippte sie schnell. *Zeit, das Telefon auszuschalten. Wir sehen uns, wenn ich nach Hause komme.*

Sie holte tief Luft, während ihr die Brise durch die Haare wehte. Eine weitere Ladung Stress fiel von ihr ab. Das würde eine großartige Reise werden. Genau das, was sie brauchte, auch wenn sie es noch nicht gewusst hatte, als sie beschlossen hatte, alleine zu fahren, anstatt die Kabine aufzugeben. Jetzt, da das Schiff unterwegs war, würden alle Geschäfte auf der Promenade geöffnet sein. Zeit, etwas zu bummeln. Auf der letzten Kreuzfahrt hatte sie ein paar schöne Schnäppchen gemacht.

Das andere Schöne am Schiffsleben war, dass es hier nicht verboten war, in der Öffentlichkeit mit einem Drink herumzulaufen. Vor allem, weil sie dafür bekannt war, langsam zu trinken und stundenlang für ein Getränk zu brauchen. Am ersten Tag auf dem Schiff war es immer sehr überfüllt. Alle hatten die gleiche Idee, herumlaufen und sich orientieren. Diese Kreuzfahrt war nicht anders – tatsächlich fühlte sich das Promenadendeck besonders überfüllt an. Viele Leute unterhielten sich und blieben ohne Vorwarnung mitten auf dem Gehweg stehen. Ältere Leute fuhren mit ihren elektrischen Rollstühlen umher und Kinder tollten herum, als wäre das Schiff ihr privater Spielplatz.

Sie blieb vor dem Schaufenster eines Juweliergeschäfts stehen und starrte auf die hell erleuchtete Auslage. Verschiedene Stücke fielen ihr ins Auge. Sie hatte keine Ahnung, ob die grünen Steine Smaragde oder lediglich Glas waren, genauso wie die dunkelblauen und roten, aber manche waren unglaublich hübsch. Die meisten Leute, die sich die Auslagen ansahen, lächelten oder lachten. Ein paar probierten ein paar Stücke an, andere scherzten über ihr Budget und ihre Träume. Ein Mann fiel ihr ins Auge. Er starrte einen Diamantring an. Sein Gesichtsausdruck war ausdruckslos, aber sein Blick wirkte seltsam traurig für eine Person, die eine unterhaltsame Kreuzfahrt genießen sollte.

Sie wandte ihren Blick von dem traurigen Mann ab und widerstand der Versuchung, hineinzugehen und ein paar Ringe anzuprobieren. Sie drehte sich in Richtung des nächsten Geschäfts und spürte, wie etwas Schweres gegen ihre Beine schlug.

Großartig. Genau das, was sie auf dieser Reise nicht brauchte, widerspenstige Kinder, die in Passagieren rannten. Als keine Entschuldigungen folgte und sich niemand bewegte, blickte sie hinter sich und dann nach unten. „Na, hallo.“

Ein kleines Kind mit langen Locken, die ihr über die Schultern fielen, und großen blauen Augen, starrte zu ihr hinauf. „Mommy.“

Mommy. Ginnie sah sich rasch um und suchte nach einem aufgeregten Elternteil. Nichts. „Hallo.“

Das Engelchen lächelte. „Mommy.“

Okay, als sie die Hautfarbe des Mädchens sah, bezweifelte Ginnie, dass Mommy irgendeine Ähnlichkeit mit ihren mediterranen Genen hatte. Trotzdem hockte sich auf Höhe des kleinen Mädchens hinab und erwiderte das Lächeln. „Ich schätze, wir müssen deine Mommy suchen."

Das kleine Mädchen grinste immer noch breit und wiederholte *Mommy*, obwohl sie Ginnies Gesicht jetzt klar sehen konnte.

„Nein, Süße, aber wir werden sie finden."

„Mommy." Das kleine Mädchen schlang die Arme um Ginnies Hals und riss sie fast um.

In den nächsten Sekunden musterte Ginnie die vorbeigehenden Leute und überlegte, ob sie das Risiko eingehen sollte, dass das Kind sich die Seele aus dem Leib schrie, wenn sie es einfach hochhob und zum Concierge brachte, oder ob es besser wäre, hier zu warten, bis Mom und Dad sie finden würden.

Das kleine Mädchen drückte weiterhin Ginnies Hals und reflexartig erwiderte sie die Umarmung. Sie schüttelte den Kopf. Wenn das Kind sie für seine Mommy hielt und es dem Mädchen nichts ausmachte, von ihr umarmt zu werden, wäre es auch kein Problem, mit ihr aufzustehen. Offensichtlich suchte die echte Mutter nicht nach ihr, also musste Ginnie die Frau suchen gehen.

„Da bist du ja", die tiefe Stimme regnete wie eine warme Dusche auf sie herab.

Sie legte den Kopf in den Nacken und ihr Blick traf auf Augen, die denselben schönen Blauton hatten wie die des Kindes, das sich immer noch an ihren Hals klammerte.

Der Mann kauerte sich neben sie und sah dem kleinen Mädchen direkt in die Augen und lächelte sie mit demselben breiten Grinsen an. Die Ähnlichkeit war verblüffend. „Deine Mommy wird sehr froh sein, dass ich dich gefunden habe."

Diese samtweiche Stimme ließ Ginnies Beine langsam zu Brei werden. Warum, oh warum, waren alle guten Männer vergeben?

Für ein paar Sekunden dachte Nick, seine Schwester hätte Phoebe gefunden. Als er nahe genug war, um die Frau zu sehen, erkannte er jedoch, dass die kleine Phoebe sich an jemanden geklammert hatte, der ein ähnliches Kleid trug. Er nahm an, dass ein gelbes Kleid und Frauenbeine genauso wie jedes andere gelbe Kleid und Frauenbeine aussehen müssen, wenn man zwei Jahre alt war und nur die Knie der anderen Leute sah.

„Oh, gut. Du hast sie gefunden." Seine Schwester Theresa eilte neben ihn. „Ich schwöre, sie wird jeden Tag schneller."

Obwohl ihre Mutter angekommen war, klammerte sich Phoebe immer noch an den Hals der Fremden und zeigte keinerlei Anzeichen, sie loslassen zu wollen.

Die Fremde musste denselben Schluss gezogen haben, als sie sich mit seiner Nichte in den Armen auf die Füße stemmte. „Ich glaube, sie hat mich gefunden, trifft es eher."

„Komm zu Mommy, Baby."

Phoebe runzelte die Stirn, sah dann zu der Fremden und wieder zurück. Sie brauchte einige Augenblicke, um zu erkennen, dass die Fremde nicht ihre Mutter war, und beugte sich schließlich zu seiner Schwester.

„Braves Mädchen." Theresa drehte sich zu der anderen Frau in Gelb um. „Danke, dass du ein Auge auf sie hattest. Ich bin ein bisschen überfordert mit all diesen Leuten und fünf Kindern."

Die Art, wie sich die Augen der Fremden kurz

weiteten, spiegelte wider, wie er sich fühlte, wenn er daran dachte, wie schnell man mit einem *Ja, ich will* von drei auf fünf Kinder kommen konnte.

„Oh, gut. Ihr habt sie gefunden." Seine Mutter kam mit einem Kind an jeder Hand leicht außer Atem auf sie zu gerannt. „Wie kann sich jemand mit so kurzen Beinen so schnell bewegen?"

Die Fremde blickte von einem Erwachsenen zum anderen und dann hinunter zu den beiden kleinen Kindern. Ihr eher stoischer Gesichtsausdruck änderte sich und sie lächelte die beiden Jungen an, die keinem von ihnen wirklich ähnlich sahen, und winkte ihnen dann mit wackelnden Fingern zu. Beide Jungen erwiderten unverzüglich das Lächeln und winkten zurück.

„Es tut mir leid. Ich sollte mich vorstellen. Ich bin Theresa, das sind meine Töchter Rachel und Monica."

Monica hielt ihr Lieblingskuschelkaninchen hoch. „Das ist Bunny."

„Freut mich, dich kennenzulernen, Bunny." Die Frau in Gelb hockte sich auf Monicas Höhe hinab und entlockte seiner jüngeren Nichte ein breites Lächeln.

„Und dieser kleine Zwerg", Theresa hob das Kleinkind an ihre Hüfte, „ist meine Tochter Phoebe."

Die arme Kleine musterte die Fremde noch immer mit einer Intensität, die ihm noch nie aufgefallen war, aber natürlich verbrachte er mit seiner jüngsten Nichte nicht so viel Zeit wie ihren älteren Geschwistern.

Wieder auf den Beinen streckte die Fremde ihre Hand aus. „Ich bin Ginnie."

„Ich kann dir gar nicht genug dafür danken, dass du dich um sie gekümmert hast."

Ginnie nickte. „Da wir beide uns überhaupt nicht ähnlich sehen, schätze ich, dass es das gelbe Kleid war, das sie verwirrt hat."

Seine Schwester sah an sich herunter, als hätte sie

vergessen, was sie an diesem Tag angezogen hatte.

„Oh, gut." Alan näherte sich ihnen aus der entgegengesetzten Richtung. Der Ort fing an, sich wie eine kaputte Schallplatte anzuhören. „Sieht so aus, als müssten wir den Kinderwagen an Bord benutzen, sonst rennt sie noch zum Nordpol, wenn wir nicht aufpassen." Der Kerl hatte einen ziemlich guten Sinn für Humor. Zumindest dachte Nicks Schwester das, da sie sich vorbeugte und ihrem neuen Ehemann einen Kuss auf die Wange gab.

Bei der Art, wie die beiden sich ansahen, überraschte es Nick, dass sie nicht direkt in Flammen aufgingen. Wieder einmal musste er sich fragen, warum sie die Kinder nicht für die Flitterwochen bei den Großeltern zu Hause gelassen hatten.

„Tut mir leid." Theresa errötete. „Das ist mein Mann Alan."

„Freut mich." Alan streckte seine Hand aus und Phoebes Retterin nickte höflich.

„Und das sind unsere Jungs –", begann Theresa, aber die Frau, die offensichtlich ein Lächeln unterdrückte, unterbrach sie.

„Liege ich sehr falsch, wenn ich Chandler und Joey rate?"

Alan verdrehte die Augen und seufzte. „Zum Glück ja. Jake und Jeff."

„Tut mir leid, ich konnte nicht anders." Ginnie lächelte verlegen.

„Keine Problem", kicherte Theresa. „Ich hätte wahrscheinlich nicht so viele Folgen von *Friends* ansehen sollen."

Nick lächelte wegen der ebenfalls Sitcom-würdigen Ansammlung von Verwandten und wandte seine Aufmerksamkeit dann von seiner Familie der Frau zu, die Phoebe sozusagen gerettet hatte. Ihr Lächeln war so zart und ihre Augen erinnerten ihn an Karamellbonbons. Komisch, normalerweise mochte er helle Augen, aber etwas an dem Blick dieser Frau zog ihn an wie ein Magnet. Kopfschüttelnd schob er die albernen Gedanken beiseite und richtete seine Aufmerksamkeit wieder auf die verrückte Truppe, die er die nächsten acht Tage zusammentreiben sollte. „Ich habe gehört, dass es irgendwo auf diesem Schiff Eiscreme gibt. Ich denke, die haben wir uns alle verdient."

„Auf Deck zwölf. Aus dem Aufzug nach links. Dort ist der nächste Softeisautomat", warf Ginnie ein.

„Danke", sagte Theresa, und Nick wollte die Frau mit den warmen braunen Augen am liebsten einladen, sich ihnen anzuschließen.

Leider hatte er einen Job zu erledigen und offensichtlich musste er darin besser werden, wenn er alle fünf Kinder im Auge behalten wollte. Schade, er hätte wirklich gern etwas Zeit gehabt, um die Frau mit den schönen braunen Augen besser kennenzulernen.

# KAPITEL DREI

Die Sonne schien durch einen schmalen Schlitz in den Vorhängen. Gerade genug, um Ginnie zu sagen, dass es Zeit war, aufzustehen. Als ob das nicht genug wäre, knurrte ihr Magen laut und bettelte darum, gefüttert zu werden. Gestern, an ihrem ersten Tag auf See, hatte sie es sich in der oberen Lounge mit einem Buch und einer umwerfenden Aussicht gemütlich gemacht. Eistee zu schlürfen und dabei an einem Teller mit Käse, Crackern und Obst zu knabbern, hatte das Buch noch angenehmer gemacht. So sehr, dass sie kaum Zeit gehabt hatte, um fürs Abendessen ihre Shorts auszuziehen und in etwas Passenderes zu schlüpfen.

Für sie waren die großen und reich verzierten Dinner-Säle besonders einladend. Vielleicht lag es daran, dass das Esszimmer in dem Haus, das sie mit ihren Schwestern geteilt hatte, vor langer Zeit in ein Büro umgewandelt worden war. Aber vielleicht hatte es auch mit ihrer italienischen Abstammung und der Vorliebe ihrer Mutter für Samt und wuchtige Möbel zu tun. Wie dem auch sei, sie hatte sich an einen Tisch für acht Personen gesetzt. Es war eine gemischte Gruppe gewesen. Sie hatten sich durchgehend unterhalten, aber die Gespräche waren nichts Besonderes gewesen.

Anstatt sich anzuziehen und sich durch die Menschenmassen zu kämpfen, die zweifellos auf dem Oberdeck herumschwirrten, um für den ersten

Inselausflug von Bord zu gehen, entschied sie sich, zu warten, bis die meisten Leute gegangen waren. Als sie sich die Unterlagen angesehen hatte, die ihrem Reisepaket beilagen, hatte sie zu ihrer Freude festgestellt, dass ihre Firma ein paar zusätzliche Leistungen gebucht hatte. Am meisten freute sie sich über den Geschenkgutschein für das Spa. Eine Massage klang himmlisch. Da sie auf ihren beiden vorherigen Kreuzfahrten bereits am heutigen Hafen von Bord gegangen war, fand sie die Vorstellung einer guten Fußmassage viel verlockender als eine Busfahrt zu den antiken Ruinen der Insel.

Außerdem musste das Schiff in diesem Hafen Anker werfen und die Passagiere mit einem Beiboot in die Stadt fahren. Obwohl es ihr nichts ausmachte, mit den kleinen Booten an Land gebracht zu werden, waren die Warteschlangen und Verzögerungen bei der Rückkehr am Ende des Tages lang und ermüdend. Nein. Eine gute Hand-, Nacken- und Fußmassage war der perfekte Plan für den Tag.

Der Drang, sich zu beeilen, hing ihr im Nacken und drängte sie, ihr Zimmer lieber früher als später zu verlassen. Alle paar Minuten musste sie sich daran erinnern, dass sie nicht zu Hause war, dass sie sich nicht durch den Verkehr kämpfen, einen Parkplatz suchen oder auf den Aufzug warten musste. Dies war ein Urlaub und sie konnte frühstücken, wann immer sie wollte. Sie blickte in den Spiegel und steckte ihr Haar hoch, dankbar, dass Make-up und High Heels nicht zur morgendlichen Kleiderordnung auf Kreuzfahrtschiffen gehörten.

Sie schlüpfte in ihre neuen Kitten-Heel-Sandalen und griff nach dem Schlüsselband, das sie auf ihrer letzten Kreuzfahrt gekauft hatte, da es nicht sehr praktisch war, ihre Schlüsselkarte in der Tasche oder Handtasche mit sich zu tragen. Das Schlüsselband war praktisch und hübsch. Sie schlang es sich um den Hals und war bereit zu gehen. Nach einem letzten Blick in den Spiegel – nicht, dass jemand anderes sie ansehen würde –, nickte sie und ging zur Tür hinaus. Nachdem sie keine zwei Schritte gemacht hatte, fiel ihr auf, dass sie ihren Coupon vergessen hatte. Sie stoppte, drehte sich auf der Stelle um und griff nach ihrer Karte. Jedoch zog sie so stark, dass das Schlüsselband abriss und zu Boden fiel.

Sie ging in die Hocke, griff nach dem Plastikteil, in dem die Zimmerkarte steckte, und es löste sich vom Band. Wenn dies ein Zeichen dafür war, wie der Rest ihres Tages verlaufen würde, sollte sie vielleicht in ihrem Zimmer bleiben. Mit der Schlüsselkarte und dem kaputten Band in der Hand stemmte sie sich auf. Doch anstatt aufzustehen, schwankte sie auf den neuen Absätzen und kippte nach hinten. Wild mit den Armen fuchtelnd schwankte sie hin und her und landete schließlich auf ihrem Hintern. Sie sollte es sich definitiv noch einmal überlegen, ob sie das Frühstück doch beim Zimmerservice bestellen sollte.

„Brauchst du Hilfe?"

Sie musste nicht aufschauen. Sie erkannte das sanfte Timbre der Stimme von gestern.

„Hi." Kopfschüttelnd lehnte sie sich nach vorne und stemmte sich auf die Füße, während sie betete, dass sie nicht nach vorne kippen und sich noch mehr blamieren würde. „Und nein, danke."

Nick – komisch, sie erinnerte sich an seinen Namen – hob sein Kinn, lächelte und trat einen Schritt zurück.

Hatte er gestern gelächelt? Vermutlich nicht, sonst hätte sie sicher das Funkeln bemerkt, das in ihr den Wunsch weckte, ihn wie ein verknalltes Schulmädchen anzustarren. „Bist du auf diesem Deck?" Bei dieser dummen Frage verdrehte sie beinahe die Augen.

Warum sollte er hier sein, wenn sein Zimmer nicht hier war. Gut gemacht, Ginnie.

„Nein." Er schüttelte den Kopf und hielt die große Tasse Kaffee hoch. „Ich bin ein paar Decks weiter oben, aber die Warteschlangen vor den Aufzügen und die Menschenmassen auf den Treppen sind verrückt. Deshalb habe ich beschlossen, eine Abkürzung zum vorderen Teil des Schiffes zu nehmen, in der Hoffnung, dass die anderen Aufzüge weniger überfüllt sind."

„Gute Idee. Das ist immer so. Wo immer es Essen gibt, sind auch die Menschenmassen. Obwohl viele Leuten das Buffet auf dieser Seite nutzen werden, anstatt die Speisesäle auf der anderen. Dort sollte es weniger überfüllt sein."

„Das klingt nach Erfahrung. Warst du schon auf vielen Kreuzfahrten?"

Zählten zwei Kreuzfahrten als viele? „Auf ein paar, aber nicht vielen."

Er blickte den Flur hinunter, bewegte sich aber nicht. Erneut nickend stieß er einen tiefen Seufzer aus. „Ich sollte besser los, bevor meine Mutter von den Kindern überrannt wird."

Bei den stürmischen Bekanntmachungen von gestern hatte sie vergessen, wessen Mutter die ältere Frau war. Sie war sich nicht sicher, wie die Verwandtschaftsverhältnisse zwischen den fünf Kindern und den vier Erwachsenen waren, aber jetzt wusste sie zumindest, dass er mit der Großmutter verwandt war. „Schläft die Mutter der Kinder aus?"

„Nein. Meine Schwester und ihr neuer Ehemann sind heute Morgen wahrscheinlich als erste von Bord gegangen."

„Neuer Ehemann?" Das könnte das Erröten erklären, aber nicht die fünf Kinder.

„Sehr neu. Das sind ihre Flitterwochen."

„Wirklich?" Sie hätte das nicht laut sagen sollen,

aber als sie versuchte, die Zusammenhänge mit all den Namen und all den Kindern zu verbinden, war ihr kein Flitterwochen-Szenario in den Sinn gekommen, und zu dieser Uhrzeit und ohne Kaffee arbeitete ihr Sprachfilter noch nicht.

„Ich weiß, aber meine Mutter erinnert mich ständig daran, dass sogar die Bradys ihre Kinder mit in die Flitterwochen genommen haben."

Wenn er die Fernsehsendung meinte, hatte seine Mutter recht.

„Also", er hob den Arm mit der Kaffeetasse in Richtung des Flurs, „ich muss jetzt wirklich los. Es war schön, dich wiederzusehen."

Sie nickte nur. Es war auch schön gewesen, ihn wiederzusehen. Jetzt wollte sie nur noch wissen, ob es neben der Mutter, der Schwester und dem neuen Schwager auch eine Ehefrau gab.

Nick war kurz davor gewesen, Ginnie zu bitten, mit ihm an Deck zu gehen, um einen Spaziergang zu machen und vielleicht eine Tasse Kaffee zu trinken. Abgesehen davon, dass einige, wenn nicht alle Kinder inzwischen wahrscheinlich wach waren und seine Mutter überfordert sein würde, hieß die Tatsache, dass sie allein vor ihrer Tür stand, nicht, dass es keinen Mann in ihrem Leben gab. Der Kerl könnte drinnen schlafen oder oben auf sie zum Frühstück warten. Aber wenn Nick mit einer Schönheit wie ihr verheiratet wäre, würde er sie nie alleine lassen.

Als er den Knopf für den Aufzug drückte, war er fast ein wenig überrascht, als sich die Türen öffneten und Platz für ihn war. Ginnie hatte recht gehabt. In einem Bruchteil der Zeit, die er gebraucht hatte, um vom Café zu dem Flur zu gelangen, in dem Ginnies Zimmer lag, hatte er es durch das ganze Schiff, den Aufzug hinauf und zur Suite geschafft. Jeder, der vorbeikam und das Schild *Honeymoon Suite* an der Tür sah, fragte sich bestimmt, warum zum Teufel eine neunköpfige Familie eine Honeymoon Suite brauchte. Er selbst war tatsächlich ein wenig überrascht gewesen, als er das Schild gesehen hatte. Offenbar hatte das Personal das Schild an der Präsidentensuite mit mehreren Schlafzimmern extra in *Honeymoon Suite* geändert, da es wusste, dass Theresa und Alan in den Flitterwochen waren. Zumindest für diese Kreuzfahrt. Die Besatzung hatte auch eine gekühlte Flasche Champagner und eine große Schale mit Erdbeeren mit Schokoladenüberzug zurückgelassen, was beides schnell in Theresas und Alans Zimmer verfrachtet worden war.

Als er die Tür aufstieß, war er überrascht von der Stille. Seine Mutter saß mit einem Buch auf dem Schoß und einem großen Glas Wasser mit Zitrone auf dem Sofa. Er hatte vergessen, vor wie vielen Jahren sie morgens von Kaffee auf Wasser mit Zitrone umgestiegen war. Etwas, von dem ihre Großtante Delores ihr erklärt hatte, dass es das Geheimnis für ein langes Leben sei. „Die Kinder schlafen noch?"

Seine Mutter klappte ihr Buch zu. „Die Jungs schon. Ich glaube, die Mädchen malen ganz leise."

Malen? Vielleicht würde das doch kein so verrückter Ausflug werden, wie er erwartet hatte. „Und Phoebe?"

„Sie ist definitiv wach, ich kann sie mit ihren Spielsachen reden hören, aber sie ist ruhig, solange der Vorhang über dem Reisebett hängt. Ich dachte, ich warte auf dich und gehe dann rein, um ihre Windel zu wechseln."

Besser seine Mutter als er. Obwohl er im Laufe der

Jahre ziemlich gut mit Windeln geworden war, war es nicht seine Lieblingsbeschäftigung. Besonders, wenn sie extrem stanken. „Also", er setzte sich neben sie aufs Sofa, „was ist für heute geplant?"

„Kids Club." Seine Mutter lächelte. „Dort wird es alle möglichen Dinge geben, um die Kinder bei Laune zu halten, bis wir sie zum Mittagessen abholen."

„Und danach geben wir sie zurück?" Nicht, dass er seine Nichten nicht mochte, aber er war bereit zuzugeben, dass vier Kinder unter zwölf eine neue Erfahrung für Onkel Nick waren und seine Schwester und ihr Mann erst nach dem Abendessen zurückkommen sollten.

„Klar. Ich glaube, nach dem Essen gibt es einen Film für die älteren Kinder. Ich bleibe mit Phoebe drinnen, wenn du ausgehen und dich mit Erwachsenen umgeben willst."

Sich mit Fremden zu umgeben, machte ihm nichts aus. Er war zumindest ein bisschen extrovertiert. Doch das war nicht der Grund, warum er hier war. Er hatte sich bereit erklärt, für seinen Vater einzuspringen, und sein Vater würde seine Mutter nicht mit den Enkelkindern alleine lassen, damit er mit anderen Passagieren abhängen konnte. Selbst wenn eine davon Ginnie sein könnte.

Die Tür zum Zimmer der Jungs ging quietschend auf und Jake kam gähnend als erster heraus, gefolgt von seinem jüngeren Bruder Jeff. Noch etwas, das Nick störte. Warum mussten Eltern all ihren Kindern Namen mit dem gleichen Anfangsbuchstaben geben? War es nicht schon schwierig genug, sich die ganzen Namen zu merken, wenn nicht alle mit J oder S oder P oder was auch immer anfingen?

Die Jungen setzten sich zu beiden Seiten von Nicks Mutter auf die Couch, und die süße Geste entlockte ihr ein Lächeln. Alans Eltern waren vor mehreren Jahren kurz nacheinander gestorben, weshalb die Jungen keine Großmutter gehabt hatten und deshalb so an ihrer neuen Großmutter hingen.

„Hungrig?", fragte seine Mutter.

Beide Köpfe wippten auf und ab, und innerhalb von Sekunden öffnete sich die Tür der Mädchen. Der Geräuschpegel in der Suite stieg sofort an. Seine Mutter war wie ein Drill Sergeant. Innerhalb weniger Minuten waren alle fünf Kinder, einschließlich Phoebe, angezogen und bereit, nach oben zum Frühstück zu gehen. Es war sichtlich einfach, hungrige Kinder zusammenzutreiben. Sie waren vielleicht ein bisschen weinerlicher als sonst, aber sie stürzten sich auch gierig auf ihr Essen, ohne den beaufsichtigenden Erwachsenen viel Arbeit zu machen. Die Kinder waren so glücklich mit ihren Schokoladenpfannkuchen oder ihrem mit Schlagsahne bedeckten French Toast, dass sie nicht einmal zu bemerken schienen, dass das Boot zu schaukeln begann oder die Sonne hinter einer Wand nicht so hübsch aussehender Wolken verschwand.

Je mehr das Boot schaukelte, desto häufiger blickte seine Mutter in seine Richtung. Als das Wasser aus vollen Gläsern auf dem Tisch zu schwappen begann, wurden die beiläufigen Blicke seiner Mutter von Besorgnis erfüllt.

Nick warf einen Blick auf seine Uhr, warf seine Serviette auf den Tisch und schob seinen Stuhl zurück. „Der Kids Club ist geöffnet. Wir sollten uns auf den Weg machen." Er wollte nicht zugeben, dass es länger dauern könnte, bis sie an ihr Ziel kamen, da das Boot so stark schaukelte. Ob das ein Anzeichen für irgendetwas war oder normal für einen bewölkten Tag, wusste Nick nicht. So oder so würden die Kinder mehr Spaß daran haben, mit anderen Kindern zu spielen, als mit zwei alten Leuten herumzuhängen, die aus den Fenstern auf den Sturm blickten und sich fragten, ob die Insel genauso schlimm getroffen wurde wie das Schiff.

„Der Letzte dort ist ein faules Ei!", schrie Jake, woraufhin drei Kinder hinter ihm herrannten.

„Nicht in den Gängen rennen", rief Nicks Mutter ihnen hinterher.

Nick hatte sich entschieden, Phoebe zu tragen, um mit den Kindern mithalten zu können, die zwar nicht mehr richtig rannten, aber verdammt nah dran waren.

Das Schiff neigte sich nach links, woraufhin seine Mutter gegen die Wand fiel.

„Alles in Ordnung?"

Sie nickte, zuckte mit den Schultern und ging weiter. Die Kinder bemerkten die Bewegung des Schiffes überhaupt nicht. Vielleicht sollten sie alle durch die Gänge rennen.

Im Club waren weniger Kinder, als er erwartet hatte. Das Personal wies darauf hin, dass viele der Kinder mit ihren Eltern auf die Insel gegangen waren. Wenn heute ein Tag auf See wäre, wäre der Ort voll. Das ergab Sinn. Sofort rannten die Kinder hinein und jeder fand etwas Interessantes. Innerhalb weniger Minuten sah es für ihn so aus, als würden sie bereits neue Freunde finden.

Mit Phoebe auf einem Arm und dem anderen als Stütze an der Wand, zog Nick sich zurück durch den Gang, wobei er seine Mutter immer im Auge behielt, die wie eine Betrunkene am Freitagabend vor ihm nach links und rechts schwankte. Wenn es normal war, dass ein Schiff stärker schaukelte als ein mechanischer Bulle, warum zum Teufel kamen dann die Leute immer wieder zurück?

# KAPITEL VIER

Sollte Ginnie jemals entspannter gewesen sein, wusste sie nicht, wann. Obwohl sie gegen Ende zweimal fast vom Massagetisch gerutscht wäre, fühlte sie sich, als hätte sie die letzte Stunde im Himmel verbracht. Ohne jeden Zweifel würde sie das vor Ende der Kreuzfahrt noch einmal tun.

„Seien Sie vorsichtig." die Rezeptionistin winkte ihr zu, als sie am Empfang vorbeikam und die Türen des Spas erreichte.

„Danke." Sie war sich nicht sicher, wofür sie der Frau dankte oder warum man Ginnie sagen musste, vorsichtig zu sein. Möglicherweise war das etwas, das sie jedem Passagier sagten, der mit Gliedmaßen so entspannt wie Gummibänder aus dem Spa ging.

Jetzt wollte sie sich nur noch hinlegen und vielleicht ein gutes Buch lesen, aber irgendwie fühlte es sich falsch an, das in ihrem Zimmer zu tun. Da die meisten Passagiere auf der Insel waren, gab es an Deck wahrscheinlich jede Menge freier Liegestühle, auf denen sie ihren neuesten Roman lesen und etwas Vitamin D tanken konnte.

Das Schiff machte einen Ruck nach links, weshalb sie gegen die nächste Wand stieß. Das war seltsam. Sie ging zur Doppeltür zum Deck und trat hinaus. Der kühle Wind schlug ihr ins Gesicht. Seit wann war der Wind auf einem Kreuzfahrtschiff kühl? Außer vielleicht bei einer Kreuzfahrt nach Alaska. Aber wenn sie nicht durch ein Wurmloch gefahren waren, waren sie dafür im falschen Teil des Ozeans. Sie war fest entschlossen, das Schiff zu überqueren, um zum Aufzug zu gelangen, der ihrem Zimmer am nächsten lag, und erreichte einen nicht überdachten Teil des Decks, wo ihr sofort der graue Himmel ins Auge fiel. „Oh, das sieht nicht gut aus."

Jetzt musste sie entscheiden, ob sie wirklich versuchen wollte, das Deck zu überqueren. Mehrere Mitarbeiter eilten hektisch umher und stapelten Liegestühle. Alle paar Sekunden kippte das Schiff von einer Seite zu anderen und das Personal verlor den Halt oder stieß gegen die Stapel. Wenn die Menschen, die auf diesem Schiff arbeiteten, nicht das Gleichgewicht halten konnten, wollte sie kein Risiko eingehen, selbst wenn die Reling zu hoch war, um vom Schiff zu stürzen. Sie drehte sich um, kämpfte sich durch den Wind und versuchte, wieder nach innen zu gelangen. Plötzlich schien es eine viel bessere Idee zu sein, in einer der Lounges ein Buch zu lesen als auf dem sonnenlosen Deck.

Als sie in ihr Zimmer zurückkehrte und mit ihrem neuesten Roman in der Hand und der Schlüsselkarte und ihrem Telefon in der Tasche, die um ihren Hals baumelte, aus ihrer Kabine kam, prallten die meisten Leute, die sie auf dem Weg zu ihrer Lieblingslounge passierte, wie in einem Flipperautomat von den Wänden ab. Sie war ziemlich stolz auf sich, da sie scheinbar ihre Seebeine nicht verloren hatte. Sie wackelte ein wenig, aber größtenteils hielt sie sich.

Kaum hatte sie sich auf einem Platz an der Pianobar niedergelassen, hätte sie schwören können, ein metallenes Geräusch zu hören. Ein schweres metallenes Geräusch. Neugierig hielt sie inne und lauschte. Das Geräusch hielt an und ihre sehr entspannten Muskeln spannten sich an. Das war die Ankerkette. Oder nicht?

Entweder das oder das Schiff brach mit jedem Schlag der stärker werdenden Wellen auseinander. Keine der beiden Optionen erschien ihr ideal.

Während sie auf die immer höher rollenden Wellen starrte, überlegte Ginnie, ob sie sich Sorgen machen sollte. Ein Teil von ihr wollte sich auf ihre laute und hektische italienische Erziehung verlassen, und schreiend aus der Lounge rennen, während ein anderer Teil sie vorsichtig daran erinnerte, dass sie noch nie von einem modernen Kreuzfahrtschiff gehört hatte, das gesunken war. Sie kämpfte noch mit sich selbst, als sie bemerkte, wie die kleine Phoebe am Ende des Arms ihres Onkels heranwatschelte.

„Hallo", rief ihr die tiefe Männerstimme aus mehreren Metern Entfernung zu.

„Hi." Sie schloss das Buch, das sie sowieso nicht las, und lächelte ihn an.

In dem Moment, als Phoebe sie entdeckte, grinste der kleine Engel und schien ihren Onkel hinter sich herzuziehen. Das Schiff oder das Meer oder eine Kombination aus beidem mussten gewusst haben, dass Phoebe ging, denn zum ersten Mal, seit Ginnie das Spa verlassen hatte, bewegte sich das Schiff kaum. Als das Kind sie erreichte, warf sie Ginnie die Arme entgegen.

Ohne zu zögern, hob Ginnie die Kleine hoch. „Du siehst heute aber hübsch aus."

Phoebe wiederholte etwas, das wie *ütsch* klang.

Während Phoebe nach dem bunten Stein griff, der an Ginnies Halskette hing, blickte Ginnie über Phoebes Schulter. „Wo sind die anderen?"

„Mom ist auf der Damentoilette und die anderen Kinder sind im Kids Club des Schiffs. Wir waren gerade auf dem Weg, um nachzusehen, wie es ihnen geht. Es ist fast Mittag und wir wussten nicht, ob das Wetter ihren Spaß beeinträchtigt oder nicht."

„Nach meiner Erinnerung an die Kindheit kann nur

sehr wenig den Spaß stören. Sie beachten das Wetter wahrscheinlich gar nicht." Die Worte waren kaum über ihre Lippen gekommen, als das Schiff sich stark zur Seite neigte und Ginnie sich schnell bewegen musste, um nicht mit Phoebe umzufallen.

„Ist es auf Kreuzfahrten immer so rau?" Diese wunderschönen blauen Augen verengten sich.

Ginnie schüttelte den Kopf. „Nicht einmal annähernd. Ich bin mir nicht sicher, was los ist, aber ich dachte, ich hätte gehört, wie sich der Anker bewegt."

„Bewegt?" Nick richtete seinen Blick auf die Fenster gegenüber der Lounge. „Wie in ablassen oder in einholen?"

„Vielleicht hatten sie in weiter ablassen müssen, um die Belastung zu verringern?" Was sie über Schiffe, Anker und Physik wusste, würde nicht einmal einen Fingerhut füllen, aber das war die sinnvollste Vermutung.

Nicks Blick wanderte zu den Eingängen an beiden Seiten der Lounge. „Ich hätte gedacht, Mom wäre inzwischen hier."

„Meine Damen und Herren." Die tiefe Stimme aus dem Lautsprecher unterbrach die entspannte Musik, die durch das Schiff gedrungen war. „Ich bin sicher, Sie haben den unerwarteten Sturm bemerkt, der aufgezogen ist."

„Wir müssten blind und dumm sein, um ihn nicht bemerkt zu haben", murmelte Ginnie.

„Gut gesprochen." Nick kicherte beinahe.

„Leider wird dieser Sturm erst noch schlimmer, bevor er abflaut. Vor Anker zu bleiben ist weder für das Schiff noch für die Sicherheit der Passagiere das Beste. Daher hatten wir keine andere Wahl, als den Anker zu lichten und so schnell wie möglich aufs Meer hinauszufahren, um dem Sturm auszuweichen."

„Sicher doch, nachdem wir alle Passagiere im

Hafen an Bord genommen haben, oder?" Nicks Blick huschte wieder zu den Türen.

„Da es für die Beiboote nicht sicher ist, an Land zu fahren, werden alle Passagiere vor Ort untergebracht, bis das Wetter zulässt, sie zum nächsten verfügbaren Hafen zu transportieren, wo wir sie wieder an Bord nehmen werden."

Nicks Kinnlade fiel herunter. Sein Blick schoss zu Phoebe, bevor er den Kopf schüttelte. „Das ist so gar nicht gut."

„Entschuldigen Sie." Ein Offizier kam auf sie zu. „Sind Sie Mr. Maroney?"

„Ja, bin ich."

„Ihre Mutter sagte, wir würden Sie hier finden. Ich fürchte, sie hatte einen kleinen Unfall."

„Was?" Nick sprang auf.

Wenn sie dachte, Nicks Augen hätten sich bei der Ankündigung des Kapitäns geweitet, sahen seine Augäpfel jetzt so aus, als würden sie jeden Moment aus ihren Höhlen springen.

Der Offizier hob die Hand. „Es geht ihr gut abgesehen davon, dass sie sich den linken Knöchel verstaucht hat."

Ginnie blickte von dem dunklen und stürmischen Wasser vor der Glaswand zu Phoebe, die zu ihr hinaufgrinste. Im Moment war die kleine Phoebe vielleicht die einzige glückliche Person auf diesem Schiff.

Panik schoss durch Nicks Adern. „Wo ist meine Mutter?"

„Sie ist auf der Krankenstation. Ich bin gerade aus dem Aufzug gekommen, als das Schiff schwankte und sie die Treppe hinunter stolperte."

„Sie ist die Treppe hinuntergefallen?" Konnte es noch schlimmer werden?

„Nur ein paar Stufen. Sie versuchte, ein paar Teenagern auszuweichen, die heraufgerannt kamen, und als sie gerade hinunterstieg, schwankte das Schiff nach links, sie nach rechts und ihr Fuß rutschte unter ihr weg. Der Arzt macht gerade Röntgenaufnahmen, aber ihre Mutter macht sich mehr Sorgen um Sie als um sich selbst."

„Können wir sie besuchen?" Nick griff nach Phoebe, aber seine geliebte Nichte klammerte sich noch fester an Ginnie.

„Ja. Ich bringe Sie gerne auf die Krankenstation."

Nick versuchte, Phoebe von ihrer neuen Freundin wegzulocken.

„Warum gehen wir nicht alle?" Ginnie schob Phoebe an ihre andere Hüfte.

Die Einzige in der Gruppe, die lächelte, war seine Nichte. Das Letzte, was er brauchte, war, dass das kleine Mädchen anfing zu schreien, wenn er darauf bestand, sie von Ginnie zu trennen. „Wenn es dir nichts ausmacht."

Ginnie lächelte und folgte den beiden Männern aus der Lounge, in den Aufzug und einen schmalen Gang unter Deck entlang. Alle möglichen Dinge rasten ihm durch den Kopf. Wie schwer war seine Mutter wirklich verletzt? Wie konnte er seine Schwester und ihren neuen Ehemann erreichen? Wie lange würde es dauern, bis sie wieder an Bord kommen könnten? Wie ging es den anderen Kindern im Kids Club? Und wie großartig war es, dass Ginnie einsprang und sich um eine anhängliche Phoebe kümmerte.

„Hallo, ihr Lieben." Seine Mutter sah furchtbar blass aus.

„Es gibt einfachere Wege, mich loszuwerden." Er

schnappte sich die Hand seiner Mutter. „Warum bist du die Treppe runter? Du bist auf die Toilette vor der Lounge gegangen.“

„Die Toilette wurde gerade geputzt, also bin ich auf die im nächsten Stockwerk gegangen. Ich hätte auf den Aufzug warten sollen, aber ich wollte dich nicht warten lassen.“

„Wissen wir schon mehr?“ Er deutete mit dem Kinn auf den Fuß seiner Mutter.

In diesem Moment kam der Schiffsarzt durch eine Tür. „Hallo.“

Alle nickten dem Mann zu.

„Ich habe gute Neuigkeiten. Nichts ist gebrochen.“

Seine Mutter seufzte tief und lächelte. „Ich bin ehrlich, als ich neben diesem netten Mann landete und meinen Knöchel nicht mehr spüren konnte, habe ich das Schlimmste befürchtet.“

„Nun, die guten Neuigkeiten haben einen Vorbehalt.“

Nick gefiel das nicht.

„Weichteilverletzungen können länger zum Heilen brauchen als ein sauberer Bruch oder eine Fraktur.“

„Pfff.“ Seine Mutter verzog das Gesicht und stützte sich mit den Händen ab, um sich höher auf dem Krankenbett zu heben. „Ein bisschen Eis und ein paar Aspirin und ich bin wieder wie neu.“

Der Arzt blickte Nick an, und er erkannte an den Augen des Mannes, dass seine Mutter in naher Zukunft nicht wieder so gut wie neu sein würde.

„Wir werden den Knöchel jetzt erst einmal bandagieren. Sie müssen ihn in den nächsten achtundvierzig Stunden immer wieder kühlen. Je schneller die Schwellung zurückgeht, desto schneller wird Ihr Knöchel heilen. Aber Sie werden ihn hochlagern müssen.“

„Gut.“ Seine Mutter lehnte sich zurück. „Bringen

wir das hinter uns, damit ich mich wieder auf den Weg machen kann."

Als hätte seine Mutter sie gerufen, kam eine Krankenschwester mit einem Tablett herein, stellte es ab und entfernte die Plastikverpackung von einem elastischen Verband. Die Art, wie seine Mutter die Zähne zusammenbiss, als die Krankenschwester den verletzten Knöchel berührte, ließ ihn ohne jeden Zweifel wissen, dass sie nicht so bald wieder auf den Beinen sein würde.

„Wir haben Krücken, aber so wie das Schiff gerade schaukelt, ist es wahrscheinlich am besten, wenn Sie einen unserer Rollstühle benutzen, um in Ihr Zimmer zurückzukehren." Der Arzt wandte sich an die beiden.

Nicks *Danke* kollidierte mit dem *Ich kann laufen* seiner Mutter.

Sowohl er als auch der Arzt warfen seiner Mutter einen vielsagenden Blick zu.

Seine Mutter öffnete den Mund, zweifellos bereit zu widersprechen, als Ginnie vortrat. „Ich wette, Phoebe würde es lieben, auf dem Schoß ihrer Großmutter mitzufahren."

So wie seine Mutter den Mund zuklappte und blinzelte, war Nick bereit zu wetten, dass sie zumindest für ein paar Augenblicke vergessen hatte, dass noch andere Leute im Zimmer waren.

Ein anderer Mitarbeiter kam bereits mit einem Rollstuhl herein. Seine Mutter blickte ihn an, sah auf ihren Knöchel und dann auf Phoebe und nickte schließlich. „Wir werden eine lustige Fahrt daraus machen."

Nach ein wenig Ermutigung von Ginnie ließ sich Phoebe auf dem Schoß ihrer Großmutter nieder und er rollte seine Mutter zur Tür hinaus. Am Aufzug wandte er sich an Ginnie. „Danke."

Sie nickte und antwortete leise: „Du wirst jemanden brauchen, der Phoebe hält, während du es deiner Mutter gemütlich machst."

Er hatte bereits vermutet, dass diese Frau sowohl innerlich als auch äußerlich schön war, doch jetzt war er sich dessen sicher. „Wenn das ein Angebot ist, nehme ich es gerne an."

Ein Grinsen breitete sich auf ihrem Gesicht aus. Es war ein furchtbar hübsches Lächeln. Nicht, dass er seiner Mutter etwas Böses wünschte, aber wenn sie sich einen Ort aussuchen müsste, an dem sie sich den Knöchel verletzte, hätte sie keinen besseren Zeitpunkt und Ort wählen können. *Gut gemacht, Mom.*

# KAPITEL FÜNF

Ginnie brauchte nur etwa dreißig Sekunden, um zu erkennen, dass Nicks Mutter in nächster Zeit keinen Marathon laufen würde. Sie war beinahe in Nicks Armen zusammengebrochen, als sie versucht hatte, aus dem Rollstuhl aufzustehen, und der Schmerz zeichnete sich immer noch auf ihrem Gesicht ab.

„Ein paar Aspirin und eine Mütze Schlaf, dann bin ich wieder fit.“

Nick machte sich nicht die Mühe ein Wort zu sagen, zog lediglich eine Augenbraue hoch und seufzte. „Fangen wir damit an, es dir bequem zu machen.“ Bevor seine Mutter zustimmen oder widersprechen konnte, hatte Nick sie auch schon in seine Arme genommen und zum Sofa getragen. „Hier oder im Schlafzimmer?“

Sie presste die Lippen fest aufeinander, ob vor Schmerz oder vor Frustration, konnte niemand erraten. „Das Sofa. Ich möchte für die Kinder da sein.“

„Bist du sicher? Sie werden erst in ein paar Stunden zurück sein.“ Auf dem Weg zurück zur Suite hatten sie angehalten, um die Kinder zum Mittagessen abzuholen, aber da der Kids Club auch Essen für diejenigen anbot, die bleiben wollten, und alle vier Kinder so viel Spaß hatten, ließen sie sie dort.

„Ich bin mir sicher. Leg mich runter, bevor du dich verletzt.“

Da sie auf dem immer noch schwankenden Schiff

nicht mit einem Kleinkind und Kissen jonglieren wollte, setzte Ginnie Phoebe ab, nachdem sie ein paar Spielsachen neben dem Couchtisch entdeckt hatte. Sofort griff das kleine Mädchen nach einem großen Auto und begann, es, mit einem breiten Grinsen, über den schmalen Tisch zu schieben.

„Haben wir etwas von Theresa und Alan gehört?" Seine Mutter rutschte auf dem Sofa hin und her.

„Noch nichts. Ich dachte, ich frage beim Concierge nach, wenn du alles hast."

Seine Mutter seufzte. „Ich habe alles. Geh und frag."

Nick schüttelte den Kopf. „Ein paar Minuten mehr werden nichts ändern."

„Was brauchen Sie?" fragte Ginnie.

Seine Mutter seufzte. „Sag doch Du, Liebes. Und ich nehme an, wenn ich nicht allzu bald laufen darf, dann wohl mein Rätselbuch und meine Brille."

„Welches ist dein Zimmer?", fragte Ginnie Mrs. Maroney.

„Das dort." Sie hob leicht den Arm und zeigte auf das Zimmer, das den Balkonen am nächsten war.

Ginnie nutzte Phoebes Ablenkung aus, ging in das Zimmer der Frau und nahm eine Brille und ein Kreuzworträtselbuch vom Nachttisch. Während Nick Kissen einsammelte, war ihr nächstes Ziel Eis. Aber es gab keinen Kühlschrank. Sie blickte sich in der Suite um und entdeckte einen Eiskübel. Perfekt. Als sie den Deckel anhob, war sie überrascht, dass der Kübel bereits gefüllt war. Sie hätte gern eine Plastiktüte gehabt, aber für den Moment würden Handtücher genügen.

Noch ein paar Minuten, und Ginnie stand mit dem Rätselbuch und der Brille neben Mrs. Maroney und Nick. „Das ist nicht hoch genug."

Nick blickte sie an, als wäre ihr ein zweiter Kopf

oder eine dritte Brust oder beides gewachsen.

„Ihr Knöchel muss über ihrem Herzen liegen und alle zwanzig Minuten gekühlt werden", erinnerte sie ihn an das, was der Arzt gesagt hatte, und reichte ihm die provisorischen Eisbeutel.

Sein Blick wanderte von der Brust seiner Mutter zu ihrem Fuß und er nickte seufzend. „Richtig. Ein weiteres Kissen sollte genügen."

Während Nick seine Mutter fertig machte, richtete Ginnie ihre Aufmerksamkeit auf Phoebe. Das Kind war unglaublich brav, aber es musste zumindest ein bisschen hungrig sein. Auf einem Regal, das als Küchentheke diente, entdeckte sie Brot und Erdnussbutter. Aus einer Laune heraus überprüfte sie die Minibar. Tatsächlich hatte Theresa Marmelade hineingestellt. Erdnussbutter- und Marmeladensandwiches mussten die einfachste Mahlzeit amerikanischer Mütter für kleine Kinder auf einem Roadtrip sein, und Kreuzfahrten waren im Grunde glorifizierte Roadtrips.

Bis Nick es seiner Mutter gemütlich gemacht hatte, indem er ihren Knöchel auf mehreren Kissen hochgelegt hatte, saß Phoebe zufrieden auf dem Boden neben dem Couchtisch, aß mit einer Hand ihre Sandwichhappen und spielte mit der anderen Hand noch immer mit den Autos, ohne die ständige Bewegung des Schiffs zu bemerken.

Ginnie war ziemlich stolz auf sich. Der Vorteil, aus einer großen Familie zu kommen, war, dass immer irgendjemand ein kleines Kind hatte, und so ziemlich jedes Familienmitglied wusste, wie man sich darum kümmerte. Babysitter wurden immer gebraucht und jugendliche Verwandte waren immer verfügbar. „Wann macht Phoebe Mittagsschlaf?"

„Normalerweise gegen zwölf", antwortete Mrs. Maroney. „Wenn sie mit ihrem Sandwich fertig ist, kann sie hingelegt werden. Wir schalten ihr atmendes

Kuscheltier ein und decken das tragbare Bett ab. So sollte sie ein paar Stunden schlafen."

„Gute Schläferin." Ginnie nickte.

Mrs. Maroney grinste, als hätte Ginnie gerade verkündet, dass die Enkelkinder der Frau allesamt Wunderkinder waren. „Alle Mädchen von Theresa waren gute Schläferinnen. Meine Tochter hat ein Buch gelesen. Ich fand es furchtbar, dass sie mehr Vertrauen in das Buch setzte als in mich, aber die Kinder haben einen tollen Schlafrhythmus, der überall funktioniert."

Ginnie nahm sich vor, mit Theresa darüber zu sprechen, welches Buch sie gelesen hatte. Es gab mehr als eine Cousine in der Familie, die sich beklagte, dass sie eine ruhige Nacht oder eine Pause von den Säuglingen oder Kleinkindern brauchte, die nachts nicht schliefen oder kein Nickerchen machen wollten. Außerdem sollte sie sich wahrscheinlich eine Minute Zeit nehmen, um ihre Familie anzurufen, falls die Situation auf dem Schiff es in die Nachrichten geschafft hatte. Aber zuerst war wichtiger, Phoebe und Nicks Mutter zu helfen.

Während Nick Phoebes Hände und Mund säuberte und sie für den Mittagsschlaf fertig machte, bestellte Ginnie einen weiteren Eimer mit frischem Eis. Ein paar Minuten später stand der neue Eiskübel im Minikühlschrank und Phoebe war eingeschlafen.

„Was soll ich dir zum Mittagessen bestellen?", fragte Nick seine Mutter.

Die Frau schüttelte den Kopf. „Du weißt, dass ich kein Mittagessen esse. Außer ich möchte jeden Tag ein paar Pfund zunehmen."

So wie Nick die Augen verdrehte, hatte Ginnie das Gefühl, dass er und seine Mutter diese Unterhaltung schon mehrmals geführt hatten.

„Ihr beide hingegen", fuhr seine Mutter fort, „müsst am Verhungern sein. Versuch, so viel wie möglich über deine Schwester herauszufinden, und gönnt euch dann in einem Restaurant etwas Vernünftiges zu essen."

Nick presste die Lippen zu einer dünnen Linie zusammen, als er über den Vorschlag seiner Mutter nachdachte. „Ich möchte dich lieber nicht allein lassen."

„Oh, sei nicht albern." Seine Mutter winkte ab. „Der Rollstuhl ist gleich hier, falls ich auf die Toilette muss. Das Badezimmer in meinem Zimmer ist größer als das in meinem Haus. Ich werde klarkommen. Und wenn es hart auf hart kommt, kann ich Phoebe noch einmal auf meinem Schoß mitnehmen."

In der Art, wie Nicks Mutter ihn anlächelte, erkannte Ginnie etwas, das sie an ihre Tante Antonia erinnerte. Mrs. Maroney könnte wahrscheinlich mit nur einem Bein und einem Arm auch dem Rücken mit Phoebe und noch ein paar weiteren Kindern fertig werden.

„Geht", wiederholte seine Mutter.

„Na gut." Nick trat einen Schritt zurück. „Aber wir werden zurück sein, bevor Phoebe aufwacht."

„Gut." Seine Mutter bewegte sich ganz leicht und begann, ihr Kreuzworträtsel zu lösen. Zweifellos erfreut, diese Runde gewonnen zu haben.

Es gab nur eine Sache an diesem Tag, die Nick gefiel: die Chance, Ginnie besser kennenzulernen. Abgesehen davon war alles aus den Fugen geraten. Das Schiff bewegte sich zwar aufs Meer hinaus, schwankte aber immer noch von einer Seite zur anderen. Jeden Moment erwartete er, Stühle und Tische und Geschirr und vielleicht sogar Menschen hin- und herfliegen zu sehen.

„Hat deine Schwester versucht, dich zu erreichen?" Ginnie ging langsam neben ihm her.

Bei all dem Chaos der Durchsage und des Sturzes seiner Mutter war es ihm nicht in den Sinn gekommen, auf sein Telefon zu schauen.

„Ich dachte, ich hätte gehört, wie der Passagier von nebenan etwas darüber sagte, dass das Schiff den Telefonzugang für alle Passagiere freigeben würde, weil Leute zurückgelassen wurden."

Ganze drei Sekunden lang war er enthusiastisch, doch als er auf sein Handy blickte, war nur ein Balken zu sehen. „Das Schiff hat uns vielleicht Zugang gewährt, aber der Sturm scheint andere Pläne zu haben." Er drehte sein Handy um, damit sie es sehen konnte.

„Vielleicht kannst du mit deiner Schwester sprechen, wenn wir aus dem Unwetter heraus sind."

„Hoffentlich. Ich würde mich besser fühlen, wenn ich wüsste, dass sie irgendwo sind, wo sie sich wohl und sicher fühlen." Er wollte nicht all die Visionen von Tsunamis und Hurrikans ansprechen, die sich in seinem Kopf abspielten.

„Ich bin mir sicher, es geht ihnen gut." Ihre Mundwinkel hoben sich und ein Funkeln strahlte in ihren Augen. „Wahrscheinlich genießen sie die Zeit allein."

Dagegen konnte er nichts einwenden. „Wenn es dir nichts ausmacht, würde ich gerne zum Concierge-Schalter gehen, bevor ich etwas esse."

„Macht mir überhaupt nichts aus. Ich würde auch gern wissen, wie lange es ihrer Meinung nach dauert, bis wir aus diesem Sturm herauskommen, und wann die anderen Passagiere zu uns stoßen können."

Als sie das Promenadendeck erreichten, war er überrascht, wie wenige Passagiere sich dort aufhielten. Dann, als wollte es ihn daran erinnern, neigte sich das Schiff scharf nach links und warf ihn und Ginnie beinahe um. Kluge Leute waren wahrscheinlich in ihren Kabinen geblieben und versuchten nicht, herumzulaufen.

Als sie sich einem Café näherten, sahen sie eine junge Frau mit langen blonden Haaren, die wie eine Puppe in einem der Stühle hing. Ihr Kopf war nach hinten geneigt und ihr Begleiter wischte mit einem mit Wasser getränkten Tuch sanft über ihre Stirn. Sein Gesicht war verzerrt vor Sorge, als er sie leise fragte, ob sie glaube, es zurück ins Zimmer zu schaffen. Die arme Frau begann, den Kopf zu schütteln und hielt abrupt inne, als eine Hand zu ihrem Bauch und die andere zu ihrem Mund flog.

Als Nick sie etwas genauer betrachtete, sah die arme Frau tatsächlich ein wenig grün um die Nase aus. Das Schiff schwankte erneut, und wieder prallte Ginnie gegen ihn. Diesmal packte er sie an den Armen, um sie beide zu stützen. „Alles in Ordnung?"

Ihr Blick traf seinen und sie senkte ihr Kinn ganz leicht. Einen langen Moment lang bewegte sich keiner von beiden, bis das Schiff in die entgegengesetzte Richtung schwankte und Nick ein paar Schritte zurück strauchelte.

Ginnie streckte einen Arm aus, um sich gegen das Fenster zu stemmen. „Ich glaube, wir schwanken weniger, wenn wir in Bewegung bleiben."

„Glaube ich auch. Lass uns gehen." Er streckte beinahe die Hand aus, um nach ihrer zu greifen. Die Bewegung fühlte sich so natürlich an, aber sein gesunder Menschenverstand siegte.

„Oh je." Sie blieb ruckartig stehen.

Nick blickte in die Richtung, in die sie starrte. Eine Schlange von Leuten am Empfang schlängelte sich um das Atrium und den gegenüberliegenden Flur entlang. Er biss sich auf die Zunge, denn was er sagen wollte, war etwas unpassend für die nette Gesellschaft, in der er sich befand. „Vielleicht sollten wir erst essen und später Fragen stellen."

„Oder vielleicht solltest du dich anstellen und ich besorge uns einen Hotdog oder etwas anderes, das man im Stehen essen kann."

Für den Bruchteil eines Augenblicks dachte er über ihren Vorschlag nach, dann sah er auf die Länge der Schlange und wusste, dass sie nicht so schnell kleiner werden würde. „Nein, holen wir uns etwas zu essen. Vielleicht machen sie bald eine allgemeine Ankündigung."

„Meine Damen und Herren, hier spricht der Kapitän." Er hatte sich nicht ankündigen müssen, Nick erinnerte sich an die Stimme von vorhin und konnte nicht anders, als zu denken, was für ein perfektes Timing das war. „Wir haben keine verlässlichen Informationen für Sie, wann der Sturm vorbeiziehen wird oder wann Ihre Mitreisenden und Angehörigen wieder an Bord gehen können. Bitte haben Sie Geduld und wir werden Sie informieren, sobald wir Genaueres wissen."

Ein Murmeln ging durch die Menschenmenge und einige Leute in der Schlange bewegten sich.

„Ich schätze, in etwa fünf Minuten wird die Hälfte dieser Leute merken, dass sie hungrig sind und auch nichts erfahren werden, wenn sie an der Reihe sind."

Eine Handvoll Leute trat bereits aus der Schlange und Nick wusste, dass sie recht hatte. „Aber ich glaube nicht, dass sie ganze fünf Minuten brauchen werden." Er drehte sich um, griff nach der Hand, die er schon früher hatte ergreifen wollen, und sauste mit Ginny zu den hinteren Aufzügen, die zum Buffet führten. „Der letzte am Aufzug ist ein faules Ei."

Das laute Kichern, das Ginnie entfuhr, machte seine kühne Geste, ihre Hand zu ergreifen und das Schiff entlangzustürmen, absolut lohnenswert.

# KAPITEL SECHS

Zum ersten Mal seit Ewigkeiten fühlte sich Ginnie wieder wie ein Schulmädchen. Sie rannte durch das Schiff, hielt die Hand eines gutaussehenden Kerls und wich Leuten aus, die auf dem Einkaufsdeck bummelten und zusammenstießen, wenn das Schiff schwankte. Ihr Gelächter wurde immer lauter und stärker. Als würden sie von Raketentreibstoff angetrieben, sausten sie die Treppe hinauf. Mit jeder Stufe wurden ihre Schritte ein kleines bisschen langsamer. Als ein paar Teenager auf halbem Weg zum Buffetdeck die Treppe hinauf rannten, trafen sich ihre Blicke. Sein Griff wurde fester, und mit einem verschmitzten Lächeln lieferten sich die beiden mit den Kindern den Rest der Treppe hinauf ein Rennen – und gewannen!

Natürlich atmeten sie oben an der Treppe schwer, aber sie hatten es geschafft, und auch wenn ihre Lunge verzweifelt nach Luft schnappte, konnte sie nicht aufhören zu lachen. „Das hat Spaß gemacht.“

Nach vorne gebeugt holte Nick tief Luft, wobei er sich genau wie sie mit einer Hand auf seinem Knie abstützte, während die andere sie noch festhielt, und nickte. „Das hat es, nicht wahr?“ Er hob den Kopf zu den Kindern, die jetzt in Richtung Buffetbereich rannten. „Aber ich sollte vielleicht etwas trainieren, wenn wir das noch einmal machen wollen.“

Das brachte sie nur noch mehr zum Lachen.

„Vielleicht esse ich zum Mittagessen einfach nur einen Salat."

„Salat ist für Kaninchen." Nick richtete sich auf und zog an ihrer Hand. „Wir sollten besser weiter, sonst holt uns die Menschenmenge noch ein."

Als Nick ihre Hand losließ, zuckte sie fast zusammen. Sie war sich nicht sicher, ob er bemerkt hatte, wie lange er sie gehalten hatte. Und sie war sich auch nicht sicher, warum sie sich mit ihrer Hand in seiner so wohl fühlte. Auf vielen Dates mit Jungs, die sie bereits gut kannte, hatte sie vermieden, Kontakt auf diese Weise aufzubauen, doch in diesen letzten paar Minuten fühlte sich alles so normal an. Wenn ihre Schwestern wüssten, was sie dachte, würden sie sich vor Lachen krümmen. Ginnie war die pragmatische der Schwestern. Sie rannte nie, aus welchem Grund auch immer. Nicht einmal in der Schule. Sie war sehr allergisch gegen Sport und Bewegung. Warum also hatte sie diesen überwältigenden Drang, sich mit dem Fitnessstudio des Schiffs vertraut zu machen?

Im Buffetbereich nahmen sie sich einen Teller und folgten der Schlange. Als sie sich bedient hatten, führte Nick sie zu einem Platz an der Glaswand. „Wie ist das?"

„Perfekt." Sie liebte einen Tisch mit Aussicht.

Als sie sich setzte, fiel ihr auf, dass sie vergessen hatte, ein Messer mitzunehmen. Sie schob ihren Stuhl zurück, stand auf und hielt inne. „Wo kommen all die Leute her?"

Nick drehte sich zu den Tischen um und lachte kurz auf. „Sieht so aus, als wären wir den Massen gerade noch zuvorgekommen."

So wie es aussah, musste jede Seele in der Schlange unten zum Essen gegangen sein. Die wenigen freien Tische füllten sich schnell und es gab mehr Leute, die sich an den Essensständen tummelten. Eine Minute später war sie wieder an ihrem Platz und bereit, sich auf ihr Rindfleisch mit Brokkoli zu stürzen. Die Ziti al Forno waren verlockend gewesen, aber nachdem sie die Treppe hinaufgerannt war, hatte sie sich für Protein und Gemüse entschieden.

„Wie schmeckt es?" Nick sah zu, wie sie sich über ihr Essen hermachte.

Sie schluckte schnell und nickte. „Ziemlich gut. Das Essen enttäuscht selten. Es ist vielleicht nicht der Mühe wert, zu Hause davon zu erzählen, aber es schmeckt immer."

„Du hast erwähnt, dass du schon … wie oft, zweimal … auf einer Kreuzfahrt warst?"

Er hatte sich daran erinnert. „Das stimmt. Das erste Mal, als der Mann unserer Nachbarin unerwartet in den Auslandseinsatz musste, und sie uns ihre Tickets gaben. Keine von uns war zuvor schon einmal auf einem Schiff gewesen."

„Wir?"

„Meine Schwestern und ich. Damals gab es ein kleines Durcheinander mit den Reservierungen. Kurz gesagt, wir landeten in einer Suite und meine Schwester Mina lernte ihren jetzigen Mann kennen."

„Netter Bonus für das Durcheinander."

„Das kannst du laut sagen. Die nächste Kreuzfahrt war wieder mit meinen Schwestern für ihren Junggesellinnenabschied."

„Den von Mina oder einer anderen Schwester?"

„Die Reise war für Mina, aber wie sich herausstellte, lernte meine jüngere Schwester Jo auf dieser Kreuzfahrt ihren jetzigen Mann kennen."

„Und jetzt hast du keine Geschwister mehr, mit denen du reisen kannst?"

Sie schüttelte den Kopf. „Ich habe diese Reise in meiner Firma gewonnen. Das war die letzte mögliche Kreuzfahrt, bevor der Preis abgelaufen wäre, und keine meiner Schwestern hatte Zeit.“

„Also hast du dich entschieden, dass es besser ist, allein zu fahren, als gar nicht?“

„Schien mir damals eine gute Idee zu sein. Jeder braucht von Zeit zu Zeit ein bisschen Ruhe und Erholung. Um etwas abzuschalten in dieser verrückten Welt.“

„Es tut mir leid, dass wir deine Ruhe und Erholung stören.“

„Muss es nicht.“ Wieder schüttelte sie den Kopf. „Deine Familie war eine angenehme Überraschung. Phoebe ist so süß. Obwohl mir das mit deiner Mutter leid tut. Und hoffentlich erfährst du bald etwas bezüglich deiner Schwester.“

„Ja.“ Er blickte aus dem Fenster in den grauen Himmel. Sie waren immer noch von dunklen Wolken und prasselndem Regen umgeben, aber in der Ferne hellte der Himmel etwas auf. „Hoffentlich haben wir bald Handy-Empfang.“

„Ich bin sicher, es geht ihr gut.“

Er blickte ihr in die Augen. „Das hoffe ich auch.“ Leise lachte er. „Eigentlich hoffe ich, dass es auf der kleinen Insel genug Hotelplätze für alle Leute gibt. Ich glaube, wir mussten mehr als die Hälfte des Schiffes zurücklassen.“

„Gut, dass du mit deiner Mutter mitgekommen bist, um zu helfen. Das war sehr nett von dir.“

„Nicht so nett. Mein Vater sollte eigentlich mitfahren, aber er hat sich nach der Hochzeit mit Covid angesteckt. Na ja, wahrscheinlich hatte er es schon während der Hochzeit, aber das erzählen wir niemandem.“

Sie schüttelte den Kopf und legte die Hand auf den Mund. „Meine Lippen sind versiegelt.“

Beim Mittagessen erfuhr sie mehr darüber, wie seine Schwester ihren Mann bei einem Autounfall verloren hatte und fast unmittelbar danach erfahren hatte, dass sie mit ihrem dritten Kind schwanger war.

„Es hat die ganze Familie hart getroffen. Auch wenn es sich anfühlt, als hätten sich alle angepasst und weitergemacht, weiß ich, dass immer noch etwas nicht ganz stimmt, wenn ich sehe, wie Monica den Stoffhasen in ihren Armen praktisch erwürgt."

„Ich glaube, ich verstehe nicht ganz. Was ist falsch daran, ein Lieblingskuscheltier zu haben?"

„Absolut nichts. Dieses Spielzeug im Besonderen war das letzte Geschenk, das Chuck Monica gemacht hat. Manchmal klammert sie sich an das Tier, als könnte es ihren Vater wieder nach Hause bringen."

„Oh, das ist traurig. Obwohl ich vermute, dass es ihr auch großen Trost spendet."

„Das tut es bestimmt, aber was weiß ich schon. Ich bin kein Kinderpsychologe, nur ein Onkel."

„Ein Onkel, der sich um sie sorgt."

„Das tue ich." Er nickte langsam, seufzte leise und sah ihr in die Augen. „Erzähl mir mehr über deine Familie."

Wo sollte sie anfangen. Sie waren eine große, verrückte italienische Familie. „Wenn du bei mir zu Hause den Namen von jemandem vergisst, ruf einfach Toni. Egal, ob Antonia, Antoinette oder Antonio, alle werden Toni genannt."

Das brachte ihn zum Kichern. „Ihr grillt doch keine Ziegen im Vorgarten, oder?"

Seine Anspielung auf *My Big Fat Greek Wedding* brachte sie wieder zum Kichern. In seiner Gegenwart fiel es ihr so leicht zu lächeln und zu lachen. „Keine Ziegen. Kein Vorgarten. Aber ein großer Garten hinter dem Haus und jede Menge Pasta."

„Ich mag Pasta."

Sie auch, und leider auch ihre Hüften.

„Es ist noch Zeit, bis Phoebe aufwacht. Was hältst

du davon, wenn wir nochmal beim Concierge vorbeischauen? Mal sehen, ob es Neuigkeiten gibt.“

„Ich denke, wir können es versuchen.“

Plötzlich klappte sein Mund auf und er schüttelte den Kopf. „Es tut mir leid. Du warst so hilfsbereit, dass ich vergessen habe, dass du auf diesem Trip vielleicht auch etwas Schönes unternehmen möchtest.“

„Oh, nein. Ich meine, also, ja, das heißt, ich helfe gern. Ich glaube nur nicht, dass es schon viele neue Informationen geben wird.“

„Dann gehe ich besser zurück und sehe nach Mom und Phoebe.“

„Ja.“ Was sie nicht wusste, war, ob sie in seine Pläne einbezogen war oder nicht. Sie überlegte noch, was sie als nächstes tun sollte, während sie die Treppe hinuntergingen, anstatt auf den Aufzug zu warten. Wenn er doch nur wieder ihre Hand nehmen würde. Sie würde ihm für den Rest der Kreuzfahrt gerne überallhin folgen.

Wie rücksichtslos von Nick anzunehmen, dass Ginnie weiterhin Zeit damit verbringen wollte, ihm zu helfen, seine Familie zusammenzuhalten und sich um seine Mutter zu kümmern. Sie den größten Teil des Morgens an seiner Seite zu haben, war ihm so selbstverständlich vorgekommen, dass er tatsächlich vergessen hatte, dass sie praktisch Fremde waren. Obwohl er sie kaum kannte, fühlte es sich irgendwie normaler an, in ihrer Nähe zu sein, als mit seiner Schwester und ihrer Familie auf einem Schiff. Nichts von der üblichen Unbehaglichkeit, die normalerweise aufkam, wenn man jemanden kennenlernte, zeigte sich. Als er zuvor ihre Hand ergriffen hatte, um den Menschenmassen zum

Mittagessen zuvorzukommen, hatte er erst oben an der Treppe bemerkt, dass er sie immer noch festhielt. Das Loslassen hatte ihn viel mehr Mühe gekostet, als es wahrscheinlich hätte tun sollen.

Außerdem hatte er dem Drang widerstehen müssen, ihre Hand zu berühren, als diese auf dem Tisch ruhte. Jetzt, wo sie das Restaurant verlassen hatten und auf dem Weg nach unten waren, entschied er sich, seine Hände in die Taschen zu stecken, anstatt seine Finger um ihre zu legen. Beim ersten Mal hatte sie keine Einwände erhoben, aber warum sollte er sein Glück herausfordern?

Als sie das richtige Deck erreicht hatten, standen zwei Mitarbeiter des Kreuzfahrtschiffs vor dem Haupteingang einer der vielen Schiffslounges. Die Frau trat mit einer Karte in der Hand an Ginnie heran, während ihr männlicher Kollege dasselbe bei ihm machte.

„Sind Sie hier, um Bingo zu spielen?", fragte die junge Frau mit einem viel zu breiten Lächeln.

„Wir sind auf dem Weg zur Rezeption, um Neuigkeiten bezüglich des Wetters und der zurückgebliebenen Passagiere zu erfahren", sagte Ginnie.

Der junge Mann schüttelte den Kopf. „Es gibt leider nichts Neues. Die Passagiere werden auf der Insel untergebracht und das Wetter ist immer noch unverändert."

Nicht das, was er hören wollte. Zumindest was das Wetter betraf. Es war gut, dass alle Passagiere untergebracht wurden, aber er hätte gerne genauere Informationen über seine Schwester und ihren neuen Ehemann gehabt.

„Wir geben Ihnen eine kostenlose Bingokarte, damit Sie anfangen können." Die junge Frau grinste immer noch.

„Sie gilt für drei Spiele", fügte der junge Mann hinzu. „Und es gibt jede Menge toller Preise zu gewinnen."

„Ja." Irgendwie wurde das Lächeln der Frau noch breiter. „Es gibt ein Abendessen in einem unserer Spezialitätenrestaurants, mehrere hundert Dollar Jackpots und einen Tag im Spa."

„Spa?" Zum ersten Mal, seit sie aufgehalten worden waren, sah Ginnie interessiert aus.

Da er keine weiteren Informationen von der Kreuzfahrtgesellschaft bekommen würde, seine Nichte noch etwa eine Stunde schlafen würde und er sich nicht von Ginnie verabschieden wollte, sah er sie an und zuckte mit den Achseln. „Willst du es versuchen?"

„Was ist mit deiner Mutter?"

„Sie liest wahrscheinlich gerne in Ruhe ihr Buch."

Ihr Grinsen erblühte. „Okay."

Die Vorderseite der Lounge des Kreuzfahrtschiffs war mit leuchtend bunten Bannern dekoriert. Zwei Mitarbeiter saßen an einem Tisch auf der Bühne. Vor ihnen wartete ein riesiger runder Käfig voller Bälle auf den ersten Dreh. In der Lounge boten andere Mitarbeiter weitere Bingokarten zum Verkauf an, aber sie waren mit ihrer einen Karte zufrieden.

Da sie nur Zeit für ein schnelles Spiel hatten, setzten sie sich in die Nähe der hinteren Türen, was ein schnelles Verschwinden erleichtern würde.

Eine junge Blondine, deren Haare zu einem Pferdeschwanz zurückgebunden waren, der ihr jugendliches Aussehen noch verstärkte, hob das Mikrofon an ihren Mund und winkte ein paar Leuten zu, die noch durch die Tür kamen. „Willkommen beim Bord-Bingo! Schnappen Sie sich Ihre Karten, suchen Sie sich einen Platz und machen Sie sich bereit für ein bisschen Spaß!"

„Sie scheint ein bisschen zu begeistert von Bingo

zu sein.“ Ginnie neigte den Kopf. „Findest du nicht?“

Nick grinste.

„Die Regeln sind dieselben wie immer. Wenn der Buchstabe und die Zahl aufgerufen werden, markieren Sie sie mit den abwischbaren Textmarkern, die wir Ihnen gegeben haben.“

Ginnie presste die Lippen zu einer schmalen Linie zusammen, ließ sich auf ihrem Platz nieder, umklammerte den Stift und nickte.

„Du nimmst Spiele ernst, oder?“, fragte er.

„Zwei Schwestern, große Familie, viele Egos. Ja. Außerdem will ich diesen Wellnesstag.“

Er verkniff sich ein Lächeln. „Dann lass uns loslegen.“

Während die beiden Mitarbeiterinnen abwechselnd eine Zahl riefen, markierten sie fleißig ihre Karten. Mehr falsche Zahlen als Übereinstimmungen.

„S 10“, verkündete die Blondine.

Ginnie rutschte aufgeregt auf ihrem Sitz herum. „Noch eine.“

Sie hatte mehr Glück als er, er hatte nur ein halbes Dutzend Treffer.

Eine weitere Zahl wurde aufgerufen und eine Frau mit grauem Haar, das so hoch wie breit war, sprang auf. „Bingo!“

„Verdammt“, murmelte Ginnie.

„Sollen wir es noch einmal versuchen?“

Sie zog eine Augenbraue hoch und er war froh, dass er nicht rot wurde, als sie ein Kichern ausstieß. „Sicher.“

Nick wischte die Markierungen mit den ausgeteilten Mikrofasertüchern weg und machte sich bereit für die nächste Runde. Als er fertig war, wandte er sich an Ginnie, die sich, ihre Karte bereits sauber, zurücklehnte und ihn anlächelte. „Lust auf eine private Wette?“

Seine spontane Reaktion war *Immer doch* zu sagen,

aber ein anderer Teil von ihm, veranlasste ihn, einen Moment innezuhalten. Wollte er wirklich mit ihr konkurrieren?

„Feige?", neckte sie.

„Ich bin dabei." Wer hätte gedacht, dass Bingo so viel Spaß machen konnte?

„Wer zuerst Bingo bekommt, erhält ein Getränk seiner Wahl."

„Ich mag Bourbon, auf Eis." Er lächelte. „Nur damit du es weißt."

Die Blondine verkündete die erste Zahl des neuen Spiels und Nick hätte beinahe gelacht, als er die Intensität in Ginnies tiefbraunen Augen sah.

Nach ein paar Minuten rief eine dünne Frau, die alt genug aussah, um die Großmutter aller im Raum zu sein, stolz *Bingo*.

„Verdammt", murmelte Ginnie. „Deshalb spiele ich nie Lotto."

„Noch eine Runde?" Er sah sie an und achtete genauer auf seine Wortwahl.

Ginnie nickte und die Blondine verkündete, dass es in der nächsten Runde um den ersten Hundert-Dollar-Preis ging.

„S 21."

„Ooh, guter Start", quietschte Ginnie und Nick widerstand dem Drang, ihr das Grinsen aus dem Gesicht zu küssen.

Es wurden weitere Zahlen aufgerufen und Nick markierte mehr Felder als in den beiden vorherigen Spielen zusammen.

„Oh, schau mal. Du brauchst nur noch eine." Ihr Blick fiel auf seine Karte.

Obwohl er fleißig markiert hatte, war ihm nicht klar gewesen, wie nahe er einem Bingo war.

Noch eine falsche Zahl und dann noch eine. Deshalb zog Nick Geschicklichkeitswettbewerbe dem Zufall vor.

Noch eine Zahl und sie markierte schnell ihre Karte. Ginnies Augen weiteten sich und ihr Mund klappte auf, bevor sie aufsprang und lauthals *Bingo* schrie.

„Sieht aus, als hätten wir eine Gewinnerin." Die Blondine winkte einem anderen Mitarbeiter zu, die Zahlen zu überprüfen. Nach etwa zehn Sekunden nickte der junge Mann seiner Kollegin zu. „Herzlichen Glückwunsch, Sie sind unsere erster Hundert-Dollar-Gewinnerin!"

Ginnie drehte sich mit der Finesse einer Ballerina um und schlang ihre Arme mit der Kraft einer Olympia-Athletin um ihn. Sie drückte ihn fest, blieb in seiner Armbeuge und lehnte sich an ihn, während sie laut quietschte: „Wir haben gewonnen!"

Sie hatte das Bingo-Spiel gewonnen, aber wenn es nach ihm ging, war ganz klar er der Gewinner des Tages.

# KAPITEL SIEBEN

Sie löste ihre Umarmung und tat ihr Bestes, so zu tun, als wäre es völlig normal, diesen fast Fremden gedrückt zu haben. Nachdem sie einen Schritt zurückgetreten war, lächelte sie ihn an und quietschte: „Ich kann nicht glauben, dass wir gewonnen haben."

„Du meinst, dass du gewonnen hast." Nick lächelte. „Und wenn du dich nicht beeilst und das Geld einsammelst, geben sie es vielleicht jemand anderem."

„Das würden sie nicht wagen." Sie kicherte, trat einen weiteren Schritt zur Seite, blickte die Lounge hinunter nach vorne und gab Nick ein Zeichen, ihr zu folgen, ohne die neuen Nummern zu beachten, die aufgerufen wurden. Aus irgendeinem Grund hatte sie eine Geschenkkarte oder ein Bordguthaben erwartet, doch als sie einen Umschlag mit Bargeld erhielt, war sie sprachlos.

Nick erschien lächelnd neben ihr. „Sieht so aus, als würdest du die Getränke ausgeben, obwohl du gewonnen hast."

„Wenn ich zu Hause wäre, würde ich Lotto spielen." Sie steckte den Umschlag in ihren Brustbeutel, schob ihr Telefon in ihre Gesäßtasche und erinnerte sich daran, dass sie ihre Familie anrufen und ihnen sagen musste, dass alles gut lief, sobald sie ein Signal hatten.

Er zuckte verlegen mit den Achseln. „Vielleicht

sollten wir ins Casino gehen?“

„Vielleicht.“ Sie wollte nicht erwähnen, dass sie so gut wie nichts über Glücksspiele wusste. „Sollen wir jetzt erst einmal im Kids Club vorbeischauen?“

Er schüttelte den Kopf. „Ich würde lieber zurückgehen und nach Mom und Phoebe sehen.“

„Natürlich.“ Zögernd blickte sie über seine Schulter zum Ausgang und richtete dann ihren Blick auf ihn. „Möchtest du meine Hilfe?“

„Wenn du es mir anbietest ...“

„Das tue ich.“

„Bist du sicher?“

Sie nickte. Zeit mit Nick und seiner Familie zu verbringen war viel verlockender, als es sich irgendwo mit einem Taschenbuch bequem zu machen.

„Dann lass uns gehen.“

Für den Bruchteil eines Augenblicks dachte sie, er würde wieder ihre Hand ergreifen, aber stattdessen steckte er nur seine Hände in die Taschen und ging los in Richtung der Suite der Familie.

Nick benutzte die Schlüsselkarte und öffnete langsam die Tür.

„Schon wieder da?“ Seine Mutter lächelte zu ihnen hinauf und legte ihr Buch auf ihren Schoß.

Er durchquerte schnell das Zimmer und setzte sich neben seine Mutter. „Wie geht es dir?“

„Sehr gut. Ich habe es sogar geschafft, das weiße Ross zu benutzen.“

Die Verwirrung in Ginnies Gesicht musste offensichtlich gewesen sein, denn Nick verdrehte die Augen und kicherte dann leise. „Das ist Moms Lieblingseuphemismus für die Damentoilette.“

„Ich verstehe.“ Sie verstand es nicht. Warum hatte sie nicht einfach Badezimmer, WC oder Damentoilette gesagt. Aber eigentlich war das auch egal.

Nicks Blick wanderte zu dem Rollstuhl, der noch in

der Ecke stand, wo sie ihn abgestellt hatten, und er runzelte die Stirn. „Wie bist du da hingekommen?" Sofort riss er die Augen weit auf. „Du bist doch nicht gelaufen, oder?"

Diesmal verdrehte seine Mutter die Augen. „Nein." Dann lächelte sie ihn an, hob ihr Kinn und wirkte sehr stolz auf sich. „Ich bin gehüpft."

„Oh, Mom." Sie konnte sein Seufzen von der anderen Seite des Zimmers hören. „Du hättest hinfallen und dich noch mehr verletzen können."

„Oh, um Himmels willen. Es ist ja nicht so, als hätte ich mich der Polonaise auf dem Pooldeck angeschlossen."

Ginnie musste ihren Mund bedecken, um ein Kichern zurückzuhalten.

„Mutter!"

Jetzt biss sich Ginnie auf die Zunge. Sie konnte sich genau dasselbe Szenario zwischen sich und ihren Schwestern und ihrer Mutter vorstellen. Egal, wo man aufwuchs, manche Dinge waren überall gleich.

„Oh, steig von deinem hohen Ross herunter. Ich höre Phoebe wieder mit sich selbst reden. Sie ist wahrscheinlich bereits wach, und ich könnte etwas mehr Eis gebrauchen. Es ist schon eine Weile her."

„Soll ich mich um Phoebe oder das Eis kümmern?", fragte Ginnie.

Nick kicherte in sich hinein. „Ich hole Phoebe. Du bist zu nett, um dich Windeln wechseln zu lassen."

Zu nett. Sie wusste nicht, ob sie aufgeregt grinsen oder etwas dagegen haben sollte, dass ihr das Windelwechseln erspart blieb.

„Das ist mein Junge", jubelte seine Mutter. „Wenn du schon dabei bist, Liebes, könnte ich auch ein Glas Wasser haben? Wasser tragen und hüpfen vertragen sich nicht wirklich."

„Natürlich." Sie drehte sich um und wickelte das

Eis ein, bevor sie eine Flasche Wasser in ein Glas goss. Nach ein paar Minuten war seine Mutter ruhig und Phoebe grinste glücklich. Die nächsten paar Stunden spielten Ginnie und Nick auf dem Boden mit der kleinen Phoebe, und frischten gelegentlich das Eis für den Knöchel seiner Mutter auf. Alle waren erleichtert, als sie einen Anruf von Theresa erhielten. Wie sie vermutet hatten, genoss das Paar die malerische Unterkunft, in dem das Schiff sie untergebracht hatte, und obwohl der Sturm über dem Hafen immer noch heftig tobte, schien es den Turteltauben nichts auszumachen.

Als seine Mutter einmal aufstand, um noch einmal die Damentoilette zu benutzen, schnappte sich Nick schnell den Rollstuhl und rollte sie zur Toilette. „Unter meiner Aufsicht hüpft keiner mehr herum." Danach sorgte er dafür, dass seine Mutter für kurze Ausflüge Krücken bekam.

Das Nächste, woran sie sich erinnerte, war, dass sie mit Phoebe an ihrer Hüfte und Nick, der seine Mutter im Rollstuhl schob, vier Kinder vom Kids Club abholten und dabei mit Kreischen und Geschichten und Kichern und Gelächter und Bitten, einen Filmabend zu machen, überschüttet wurden.

Der ältere Junge, Jake, ging rückwärts den Gang entlang zum Speisesaal. „Dad hat gesagt, dass wir uns auf dem Schiff nicht an die Schlafenszeitregeln halten müssen."

„Hat er das?" Nick starrte den Jungen an, während seine Mutter an ihrer Unterlippe knabberte, um nicht zu lächeln.

„Ja", mischte sich der zweite Junge ein, der jetzt wie sein Bruder rückwärtsging.

„Mom auch." Eines der Mädchen drehte sich wie die Jungen um.

„Mom hat es gesagt", bestätigte das andere Mädchen. Obwohl Ginnie das Gefühl hatte, dass das kleine Mädchen wie ihre kleine Schwester Jo schwören würde, dass der Himmel grün wäre, wenn ihre andere Schwester das behauptete.

Fünf Kinder und eine Mutter im Rollstuhl in den Speisesaal zu verfrachten, war etwas anstrengender, als Ginnie erwartet hatte, obwohl das eigentlich nicht hätte sein sollen. Je mehr sie an ihre eigene Kindheit zurückdachte, desto mehr wurde ihr bewusst, was für ein Drama sie und ihre beiden Schwestern ihren Eltern oft bereitet hatten.

Irgendwann beim Essen beschlossen die Jungs, dass es einfacher wäre, das Brot zu werfen, anstatt es herumzureichen. Nick brauchte sich nur zu räuspern, damit die Jungs aufhörten. Dann gab es den Streit zwischen den Mädchen darüber, wem welche Serviette gehörte. Die Großmutter sprang ein und Nick lehnte sich an Ginnie. „Das tut mir leid. Normalerweise benehmen sie sich besser."

„Sie sind einfach Kinder", sagte sie so leise, dass nur Nick es hören konnte.

Bei jedem kindlichen Verhalten wiederholte Nick die gleiche Entschuldigung und sie beruhigte ihn. Offenbar hatte er keine Ahnung, was für einen Aufruhr ihre große italienische Familie wegen der kleinsten Dinge machen konnte.

Als das Abendessen vorbei war, stand es eins für die Kleinen und null für Onkel Nick. Sie alle, außer Phoebe, würden sich mit dem Rest des Kids Clubs *Ich – Einfach unverbesserlich 3* an Deck ansehen. Ganz aufgeregt vor Vorfreude, hüpften die vier wieder den Flur entlang. Sie konnte es ihnen nicht verübeln. Sie wäre auch ganz aus dem Häuschen, wenn sie mit einem gewissen netten und gutaussehenden Onkel einen Film unter den Sternen ansehen dürfte. Wäre das nicht toll?

Wieder einmal hatte es sich seine Mutter mit einem Eisbeutel und ihrem Buch gemütlich gemacht. Nur diesmal im Bett statt auf dem Sofa, und Phoebe lag eingekuschelt in ihrem Kinderbett. Wieder einmal hatte seine Mutter sie überzeugt, sich eine spaßige Beschäftigung zu suchen, während die Kinder den Film genossen. Gott segne sie.

Jahrelang hatte sie ihn gedrängt, sich ein nettes Mädchen zu suchen. Sie hatte sogar ein paar Mal versucht, ihn unter lächerlichen Vorwänden zu verkuppeln. Aber dieses Mal hätte er sie umarmen können, wenn Ginnie nicht da gewesen wäre und zugeschaut hätte.

„Du lächelst."

„Ich lächele?"

Ginnie nickte. „Tust du. Willst du mir erzählen warum?"

„Ich erinnerte mich gerade an das eine Mal, als meine Mutter eine Freundin von der Arbeit zum Abendessen eingeladen hatte."

„Meine Mutter liebt es auch, einen vollen Tisch zu haben."

„Nur dass diese hier ihre Tochter dabeihatte, von der meine Mutter überzeugt war, dass ich mich auf den ersten Blick unsterblich in sie verlieben würde."

Ginnie stieß ein Lachen aus. „Ah, eines dieser Abendessen."

„Kennst du das auch?"

„Es ist schlimmer geworden, seit meine jüngere Schwester vor mir zum Altar geführt wurde." Sie schüttelte leicht den Kopf und lächelte immer noch, dann seufzte sie. „Ich nehme an, es war keine Liebe auf den ersten Blick."

„Nicht einmal annähernd. Sie war hübsch und klug, aber sie konnte nur über ihre Arbeit reden."

„Oh. Was hat sie gemacht?"

„Versicherungsmathematikerin."

Ginnie runzelte die Stirn. „Algorithmen und Statistiken?"

Er nickte. „Wie geschaffen für fesselnde Unterhaltungen beim Abendessen."

„Das kann ich mir vorstellen", kicherte sie.

Oh, ihm gefiel der Klang ihres Lachens wirklich. „Was ist mit dir?"

„Was ist mit mir?"

„Mit was für Männern hat deine Mutter versucht, dich zu verkuppeln?"

„Italienern."

„Und?"

„Kein und. Nur Italiener. Große, Kleine, Dicke, Dünne, Schlaue, nicht so Schlaue."

„Wow. Klingt, als wäre deine Mutter ein bisschen ehrgeiziger als meine."

„Ehrgeizig ist eine Bezeichnung für Mom. Stur, zielstrebig und einer meiner Lieblingsmenschen auf der Welt sind der Rest."

„Das ist schön."

„Was? Dass meine Mutter stur und ehrgeizig ist?"

„Dass du sie so sehr liebst."

Sie zuckte die Achseln. „Tust du doch auch."

„Ich wusste nicht, dass ich deine Mutter liebe." Er versuchte, nicht über seinen eigenen dummen Witz zu lachen.

„Ha, ha. Du weißt, was ich meinte."

„Ich weiß." Er nickte. „Und du hast recht. Mom ist großartig, besonders wenn sie nicht die Kupplerin spielt."

„Ich denke, unsere Mütter wären gute Freundinnen."

„Warum macht mir dieser Gedanke Angst?"

Ginnie lachte erneut. „Okay. Gutes Argument."

Ihre Worte wurden durch den Klang der Musik unterbrochen. Bis jetzt war er sich nicht sicher, wohin sie gingen, denn sie schlenderten nur vom Kinodeck zur gegenüberliegenden Seite des Schiffes.

Ihr Blick wanderte durch die offenen Türen in die nahe gelegene Lounge. „Oh. Es ist Karaoke."

„Singst du gern?"

„Singen ist vielleicht nicht das richtige Wort, aber ich höre gern anderen zu."

Er blieb stehen, verbeugte sich und deutete mit dem Arm in Richtung der Doppeltüren. „Dann hören wir anderen zu."

Die kleine Lounge war überraschend voll. Es dauerte ein paar Minuten, bis sie einen Platz gefunden hatten, und sie ließen sich dann nieder.

„Ich schulde dir einen Drink." Er winkte einen Kellner heran.

„Ich hätte gerne einen Marvelous Mango." Sie drehte sich auf dem Drehstuhl um. „Danke."

„Hey." Er zuckte die Achseln. „Das war die Wette."

Sie nickte. „War es, aber nicht jeder begleicht seine Wette."

„Ich mag vieles sein, aber definitiv niemand, der eine Wette prellt."

„Das werde ich mir merken." Ihr Grinsen war geradezu ansteckend.

Eine Hand an den Hüften, die andere auf das Publikum gerichtet, sang eine sehr nette Gruppe von Freundinnen, die nicht einmal einen Ton halten könnten, wenn ihr Leben davon abhinge, unter tosendem Applaus die letzte Zeile von *Shake It Off*.

„Vielleicht sollte das Publikum das nächste Mal mitsingen", neckte er, wobei er sich an ihre Seite lehnte, damit es niemand sonst hörte.

Eine große Blondine mit langem wallendem Haar und einem eng anliegenden Kleid marschierte auf die Bühne. Die Art, wie die Frau das Mikrofon ergriff und auf ihr Stichwort wartete, ohne auf den Bildschirm zu blicken, ließ Nick vermuten, dass dies nicht ihr erster Karaoke-Versuch war.

Ein paar Noten wurden gespielt und Ginnie lächelte. „Ooh. Ich liebe dieses Lied."

„Wir haben erst drei Noten gehört und du erkennst es?"

Sie nickte. „Ich kann die meisten Lieder von Carrie Underwood in weniger als dieser Zahl benennen."

Noch ein paar Noten und sogar Nick erkannte das Lied *Before He Cheats*.

„Was denkst du?" Ginnie beugte sich zu ihm. „Alles nur Schein oder kann sie wirklich singen?"

Er zuckte mit den Achseln, und einen Moment später ertönten drei Worte über die Lautsprecheranlage, passend zu den drei Noten. Ihm und Ginnie fiel die Kinnlade runter, bevor beide ihre Münder schnell wieder schlossen.

„Ich schätze, das wird sehr gut." Ginnie lehnte sich in ihrem Stuhl zurück. Als die Frau den Refrain herausschmetterte, saß Ginnie aufrecht da und schüttelte den Kopf. „Was für eine Stimme."

„Das sagt so ziemlich alles. Ich habe keine Ahnung, wie irgendjemand den Mut aufbringen soll, aufzustehen und nach ihr zu singen."

Als sie fertig war, gab es nicht nur tosenden Applaus, mehrere Leute waren auch aufgesprungen. Nick konnte es ihnen nicht verübeln, denn er war kurz davor gewesen, dasselbe zu tun.

„Wow."

Es dauerte nicht lange, bis Nick merkte, dass viele Leute ihre eigenen Fähigkeiten überschätzten. Nicht einer oder zwei, sondern die nächsten drei Sänger waren bestenfalls mittelmäßig und es war ihnen völlig egal. Insbesondere eine ältere Brünette, die mit dem Fortschreiten der Musik mit den Armen wedelte, als würde sie am Flughafen ein Flugzeug zu seinem Gate lotsen.

Die Brünette verließ die Bühne unter großzügigem Applaus, bevor ein Mann die Bühne betrat. Aus der Art, wie er mit leicht hängenden Schultern nach oben kam, vermutete Nick, dass der Kerl sich bisher nicht besonders amüsierte. Seine Freundin oder Frau hatte ihn wahrscheinlich dazu überredet.

„Er sieht nicht sehr glücklich aus, da oben zu sein." Ginnies Blick folgte dem Mann.

Nick nickte. „Ich habe gerade dasselbe gedacht."

„Ich habe ihn im Juweliergeschäft gesehen, bevor Phoebe mit mir zusammengestoßen ist. Mir ist aufgefallen, dass er auch damals nicht glücklich ausgesehen hat." Ein paar Sekunden später erklangen die ersten Töne des Lieds und Ginnie nickte. „Das könnte das mürrische Verhalten erklären?"

„Was?" Er war sich nicht sicher, was ihr aufgefallen war.

„*Unbreak My Heart*. Das ist ein Lied von Toni Braxton und könnte einiges erklären."

Der Kerl schmetterte das Lied, glücklicherweise genau im Takt, denn nichts könnte schlimmer sein als ein trauriges Lied und eine schlechte Stimme. Gegen Ende begann Nick tatsächlich Mitleid mit dem Mann zu haben. Es war einfach ein bisschen zu viel Emotion in seiner Darbietung, um nur eine Darbietung zu sein.

Nach dem Lied nickte der Sänger und trottete von der Bühne.

„Armer Kerl", Ginnies Blick folgte dem Mann, der allein zu einem Tisch ging. „Hoffentlich lernt er an Bord jemanden Nettes kennen."

Einer der Mitarbeiter unterbrach ihre Gedanken und verkündete über die Lautsprecheranlage: „Wir haben noch jede Menge freie Plätze. Kommen Sie nach vorne und suchen Sie sich Ihr Lied aus."

„Nie im Leben", murmelte Ginnie.

„Feigling?", neckte er.

„Das funktioniert bei mir nicht." Sie schüttelte den Kopf. „Was ich mache, mache ich gut, und was ich nicht gut mache, delegiere ich. Ich weigere mich, da hochzugehen und mich lächerlich zu machen."

Er fragte sich, ob sie wirklich nicht gut sang oder sich nur unterschätzte. Es gab nur einen Weg, das herauszufinden.

# KAPITEL ACHT

Der Mann hatte offensichtlich den Verstand verloren. „Dass du da oben stehen und dich zum Narren machen willst, ist für mich kein Grund, das Gleiche zu tun. Wie meine Mutter immer sagt: Wenn deine Freunde von einer Brücke springen, springst du dann auch? Meine Antwort war immer: Nein, Mamma. Ich kann ehrlich sagen, meine Mom hat keine Narren großgezogen.“

„Feigling.“

„Kennst du keine anderen Wörter?“ Sie tat ihr Bestes, um ihn wütend anzustarren, aber ihre Augen funkelten zu sehr.

„Du traust dich einfach nicht. Das ist ein ganzer Satz.“

„Ich spiele dein Spiel nicht mit.“ Sie fiel nicht darauf herein. Sie hatte zu viel Selbstwertgefühl. Oder vielleicht war es ein gesunder Sinn für Selbsterhaltung.

„Ich kaufe dir noch einen Marvelous Mango.“

„Nein.“

Der nächste Gentleman war vermutlich der schwächste aller Sänger des Abends. Um die Sache noch schlimmer zu machen, sah er dort oben auch nicht gerade entspannt aus.

„Siehst du.“ Nick zeigte zu dem Mann auf der Bühne. „Niemand kann schlimmer sein als er.“

„Da kann ich nicht widersprechen.“

„Super. Wir sehen uns auf der Bühne, nachdem ich

meinen Song ausgesucht habe."

„Warte. Was?" Sein Rücken verschwand bereits aus dem Blickfeld. Sie hatte nicht zugestimmt zu singen, nur dass der arme Kerl auf der Bühne lausig war. Seufzend schüttelte sie den Kopf. Was sollte sie jetzt tun?

Zwei weitere Leute kamen, um das Duett *I Got You, Babe* von Sonny und Cher zu singen. Das musste einer der meistgesungenen Karaoke-Songs der Welt sein, gleich nach *I Will Survive*. Wenigstens waren diese beiden nicht so schlecht. Die Frau hatte eine stärkere Stimme, die ihren Freund übertönte. Vielleicht würde es niemandem auffallen, wenn Ginnie sich neben Nick stellte und nur ihre Lippen bewegte. Immerhin sah der Kerl ziemlich gut aus. Deswegen würden alle Frauen im Lokal nur ihn und nicht sie beobachten.

Der Kellner nahm ihr leeres Glas. „Möchten Sie noch etwas trinken?"

„Ja, danke." Vermutlich brauchte sie die flüssige Ermutigung, wenn sie wirklich aufstehen und das tun sollte. Oder? Sie schloss die Augen und schüttelte den Kopf. Nein. Es gab keinen Grund für sie, das Publikum mit ihren mangelnden Singfähigkeiten zu bestrafen.

Als sie für ihr Getränk unterschrieb, erkannte sie die ersten Noten von *Sway*, einem der Lieblingslieder ihrer Mutter von Michael Bublé. Sie gab dem Kellner mehr Trinkgeld, als sie wahrscheinlich sollte, lächelte den Mann an und wandte ihre Aufmerksamkeit der Bühne zu. Ach du grüne Neune, Nick stand da, beobachtete den Bildschirm mit den Liedtexten und wartete auf die richtigen Noten. Ihr Herz setzte einen Schlag aus und sie hätte schwören können, dass ihre Handflächen anfingen zu schwitzen.

Sie war nervöser um ihn als um sich selbst, und doch klopfte sie trotz ihrer Nervosität mit den Fingern auf die Tischkante und wartete auf seine erste Note. Als Nick zu der Zeile über das Meer kam, das sich an die Küste schmiegte, stand ihr der Mund weit offen. Seine Stimme war absolut magisch. Jede Note, die er anschlug, hallte tief in ihrem Körper wider.

Als er aufblickte und ihre Blicke sich trafen, musste sie tief Luft holen. Seine Augen waren so traumhaft wie seine Stimme. Sie konnte nicht anders, als ihn anzulächeln. Auch wenn er nicht wirklich für sie sang – sie hatten schließlich noch nicht einmal getanzt, verdammt, sie kannten sich technisch gesehen kaum –, fühlte es sich doch so an, als wäre sie die einzige Person im Raum und dass er nur für sie sang. Solange das Lied dauerte, würde sie jeden Moment genießen. Ihre Zehen klopften im gleichen Takt wie ihre Fingerspitzen und eine ihrer Schultern bewegte sich auf und ab, bis sie genau das tat, was das Lied beschrieb. Ja, sie genoss jede Note. Sie könnte sich später eine Ausrede überlegen, damit sie sich nicht lächerlich machen würde.

Als Nick das Mikrofon wieder in den Ständer stellte, blickte er noch einmal zu Ginnie, die aufgestanden war und so heftig klatschte, dass ihre Hände wahrscheinlich schmerzten. Er war sich nicht wirklich sicher, warum er sich für dieses Lied entschieden hatte. Er hatte über zwei oder drei andere Optionen nachgedacht, als er dieses Lied entdeckte und ihm sofort klar wurde, dass er es singen würde.

Der einzige Nachteil war, dass er sich während des ganzen Liedes wünschte, er könnte ins Publikum gehen, Ginnies Hand ergreifen und mit ihr tanzen. Wenn das nicht lächerlich war. Viele attraktive, atemberaubende und verführerische Frauen hatten seinen Weg gekreuzt. Er hätte dumm und blind sein müssen, um sie nicht zu bemerken oder ihnen ein bisschen näher kommen zu wollen. Aber nie hatte er einfach nur ihre Gesellschaft, ihr Lachen, ihr Lächeln genießen und sie in seinen Armen halten und zur Musik wiegen wollen.

Es musste an der Luft auf dem Schiff liegen. Oder vielleicht war die schnulzige Flitterwochenstimmung seiner Schwester ansteckend. Selbst wenn Theresa nicht auf dem Schiff war. Was auch immer der Grund war, er konnte sich nicht erinnern, jemals so zufrieden gewesen zu sein, wie er es gerade war. Er ließ sich Zeit, durch die Lounge zu Ginnie zurückzukehren, und überlegte, was er als Nächstes tun sollte. Sollte er sie zum Tanzen einladen? Könnte er sie dazu überreden, ein Duett mit ihm zu singen? Vielleicht könnte er noch einen kleinen Spaziergang an Deck einschieben, bevor der Filmabend der Kinder vorbei war.

„Haben wir erwähnt, dass die Sänger des heutigen Abends an einer Verlosung für ein Abendessen in unserem Steakhouse teilnehmen?", verkündete der Mitarbeiter, der versucht hatte, die Passagiere zur Teilnahme zu überreden, und schwenkte einen Gutschein in der Luft.

Nick war sich nicht sicher, aber als er näherkam, glaubte er, plötzlich ein Aufblitzen von Interesse in Ginnies Augen zu sehen.

„Du warst großartig." Ihr Lächeln war strahlend und sein Herz schwoll bei diesem Anblick an.

„Danke. Ich bin ein Fan alter Schnulzensänger, aber sie hatten nicht besonders viele Songs von Frank Sinatra zur Auswahl."

„Wir sind mit Frank Sinatra, Dean Martin, Mario Lanza, Lou Monte aufgewachsen …"

Nick musste lachen. „*Dominick the Donkey*."

„Ja. Du kennst das Lied?"

„Es ist eines der Lieblingsweihnachtslieder meiner Mutter aus ihrer Jugend. Es läuft oft."

„Ich wusste, dass unsere Mütter sich verstehen würden, wenn sie sich treffen sollten. Meine Mutter war gut mit dem Sohn eines der Komponisten dieses Liedes befreundet."

„Du willst mich auf den Arm nehmen."

„Nein. Mamma hat ihn mehrmals getroffen. Ray Allen. Wunderbarer Musiker und hervorragender Entertainer."

„Wow. Wenn du das meiner Mutter erzählst, wird sie dich und deine Mutter für alle Ewigkeit lieben." Das brachte ihn zum Nachdenken. „Wie hoch ist die Wahrscheinlichkeit, dass sie *Dominick the Donkey* als Karaokeversion haben?"

„Zweifelhaft." Ginnie lachte leise.

„Da hast du wahrscheinlich recht." Er blickte über ihre Schulter und dachte über seine nächsten Worte nach. „Magst du Steak?"

„Notariell beglaubigte Fleischfresserin."

Das erklärte das Funkeln in ihren Augen, als der Preis für ein Essen im Steakhouse verkündet worden war. „Also, schauen wir uns die Duette an?"

Sie legte den Kopf in den Nacken, schloss die Augen und schüttelte den Kopf. „Ich könnte einfach eine Reservierung machen."

„Das könntest du", stimmte er zu. Dann richtete er seine Aufmerksamkeit auf ein Paar auf der Bühne – der erste Ton erreichte sein Ohr und er zuckte bei dem schiefen Klang zusammen. „Oder wir könnten da raufgehen und den beiden zeigen, wie es geht, und vielleicht ein kostenloses Abendessen bekommen."

„Was, wenn ich wie Fingernägel auf einer Kreidetafel klinge?"

„Tust du das?"

Sie zuckte die Achseln. „So schlimm nicht, aber auch nicht wirklich gut."

„Ich werde dich durchziehen."

Sie seufzte. „Warum willst du das überhaupt tun?"

Jetzt zuckte er mit den Schultern. „Ich glaube, es wird Spaß machen."

„Spaß?" Sie kicherte tatsächlich. „Ich weiß ja nicht."

„Komm schon. Was auf See passiert, bleibt auf See."

„Wer hat dir das erzählt?" Sie runzelte die Stirn.

„Niemand. Ergibt einfach Sinn." Er steckte die Hände in die Taschen. „Ich verspreche, dass es nicht so schlimm sein wird."

„Ich kann nicht glauben, dass ich das sagen werde."

Er wartete, während sie seufzte, sich aufrichtete und das Kinn hob. Sie würde ja sagen.

„Lass uns das hinter uns bringen, bevor ich es mir anders überlege."

Ein akzeptables Lied auszuwählen, schien länger zu dauern als die Unabhängigkeitserklärung zu schreiben. Die meisten der typischen Duette fielen in die Kategorie romantisch, und egal wie sehr er Ginnie mochte – sie wirklich mochte –, eines dieser Lieder zu singen, könnte peinlich werden. Peinlich mit einem großen P. Allein der Titel *Leather and Lace* ließ Ginnie erröten. Nein. Das war vielleicht die schlechteste Idee, die er je gehabt hatte. Dann sah er es. Auch wenn der Originalsong technisch gesehen kein Duett war. „Dieses hier." Er tippte mit dem Finger auf den Titel und verkniff sich ein Lachen, als Ginnies Augen fast aus ihrem Kopf quollen.

„Das soll ein Witz sein."

„Möchtest du lieber *Leather and Lace* singen?"

Wütend schüttelte sie den Kopf und wedelte mit

den Händen vor ihm herum. „Nein, dieses Lied ist perfekt."

„Hast du versucht, sie noch einmal anzurufen?" Antoinette Ummarino war außer sich, seit sie in den Nachrichten gehört hatte, dass ein schwerer Sturm ein großes Kreuzfahrtschiff gezwungen hatte, in See zu stechen, und Hunderte Passagiere im Hafen gestrandet waren.

„Mamma, ich bin sicher, es geht ihr gut, sonst hätte uns jemand Bescheid gegeben." Mina hatte das ihrer Mutter den ganzen Tag und fast die ganze Nacht gesagt, aber es half überhaupt nichts. Selbst als ihre Schwester Jo sich einschaltete, brachte das nichts.

„In den Nachrichten hieß es, das Schiff würde allen Passagieren Handyempfang freischalten. Ginnie würde dafür kein Geld ausgeben, aber ihr Telefon muss trotzdem funktionieren."

Natürlich war es für niemanden ein Trost, dass ihr Telefon immer wieder auf die Voicemail umschaltete, aber Mina würde ihre Mutter nicht darauf hinweisen.

„Hey", Jo blickte von ihrem klingelnden Telefon auf, „das ist Ginnie."

„Ginnie?" Das Gesicht ihrer Mutter hellte sich auf, als sie durch die Küche huschte, um zu ihrer jüngsten Tochter zu eilen.

Mina durchquerte die Küche noch schneller als ihre Mutter, während das Telefon weiter klingelte. „Worauf wartest du? Geh ran!" *Kleine Schwestern.*

„Hallo", schrie Jo praktisch ins Telefon.

„Warum schreist du?" Mina seufzte. „Das ist kein Paar Blechdosen mit einer Schnur dazwischen."

Jo runzelte die Stirn. „Ich verstehe nichts. Da ist so viel Lärm."

„Lärm?" Ihre Mutter ließ sich neben ihrer jüngsten Tochter auf den Küchenstuhl sinken. „Wovon redest du? Gib mir das." Antoinette Ummarino riss ihrer Tochter das Telefon aus der Hand. „Ginnie, Baby."

„Mamma", jammerte Jo. „Du weißt, dass sie es hasst, wenn du sie so nennst."

In Wahrheit hassten es alle drei, Baby genannt zu werden, aber sie liebten ihre Mutter genug, um es die meiste Zeit zu ignorieren.

„Ginnie?" Ihre Mutter schien verwirrt.

„Was ist los?" Mina beugte sich näher zum Telefon. „Was hat sie gesagt?"

„Irgendetwas über einen Sam."

„Was?"

„Muskat? Ich kann es nicht sagen. Die Musik ist zu laut."

„Musik?" Jetzt waren beide Schwestern aufgestanden.

Sie griff über die Schulter ihrer Mutter, drückte die Freisprechtaste und ihr wurde klar, was Jo mit dem Lärm gemeint hatte. Im Hintergrund waren Gespräche und klirrende Gläser zu hören, übertönt von Musik und Gesang.

Ihre Mutter hatte fast richtig verstanden. Das Lied *Muskrat Love*, ein alter Hit von Captain und Tennille, war zu hören. „Ist das Ginnie, die da singt?"

„Machst du Witze?" Jo beugte sich näher heran und blinzelte, als würde sie dadurch besser hören.

„Das ist die Stimme meines Babys. So schön. Auch wenn sie mir das nie glaubt." Ihre Mutter lächelte, während sie ihrer Tochter zuhörte.

Mina hingegen hatte eine Menge Fragen. Angefangen damit, warum in aller Welt Ginnie sie ohne Erklärung anrief, um ihnen vorzusingen, und noch wichtiger, wer zum Teufel war der Kerl, der sang? Was für eine Stimme. Und was für ein lächerlicher Text. Sie wusste, dass die Siebziger eine verrückte Zeit voller Diskokugeln und Plateauschuhe gewesen waren, aber wie zum Teufel ein Lied über zwei tanzende Bisamratten ein Billboard-Hit hatte werden können, überstieg Minas Vorstellungskraft. Also, warum zum Teufel hatte ihre Schwester sie angerufen?

„Du meine Güte", rief Jo.

„Was?" Mina vergaß das Telefon und starrte ihre kleine Schwester an. „Was ist los?"

Nur Jos vor Lachen zitternden Schultern beruhigten Mina. „Kapierst du es nicht?"

„Was kapieren?", fragte ihre Mutter.

„Unsere pragmatische und vorsichtige Schwester hat uns gerade aus der Hosentasche angerufen."

# KAPITEL NEUN

Wer hätte das gedacht? Ginnie stolperte vor Lachen fast von der Bühne. Es war ein Wunder, dass sie dort oben die Fassung bewahren konnte. Als Nick anfing, mit der Nase zu wackeln und die Lippen zu spitzen, um quietschende Geräusche zu machen, bekam sie fast einen Lachanfall. Was sie für die dümmste Idee gehalten hatte, von der sie je gehört hatte, hatte sich in puren Spaß verwandelt.

Sogar das Publikum hatte seinen Spaß daran – und zu ihrer Überraschung konnte sie tatsächlich Leute mitsingen hören, und auf ihren Sitzen schwanken und lächeln sehen. Aber die wahre Begeisterung des Publikums zeigte sich, als Nick, bei der Textzeile über zwei tanzende Bisamratten, ihre Hand ergriff und sie an Ort und Stelle herumwirbelte. Für den Bruchteil einer Sekunde dachte sie, er würde sie hochheben, aber dann hätten sie die nächste Zeile des Liedes verpasst. Offenbar dachte das Publikum auch, denn die Leute begannen zu pfeifen und zu jubeln. Und tatsächlich tat Nick genau das bei der letzten Note. Er wirbelte sie in seine Arme und hob sie hoch, setzte sie dann rasch ab und begann erneut, quietschende Geräusche zu machen.

Das Publikum war begeistert, und sie musste zugeben, sie ebenfalls. Wann zum Teufel hatte sie das letzte Mal ein Mann so zum Lachen gebracht? Besonders, wenn sie sich völlig außerhalb ihrer Komfortzone befand.

„Das war großartig. Du hast eine schöne Stimme."

„Woher willst du das wissen? Das Publikum hat lauter gesungen als wir."

„Ich weiß. Das Lied schien bei vielen Leuten Erinnerungen zu wecken."

„Es muss zu seiner Zeit viel populärer gewesen sein, als ich gedacht habe." Sie ließ sich auf ihren Platz fallen und neigte den Kopf zu ihm. „Sogar du schienst den ganzen Text zu kennen, ohne den Monitor lesen zu müssen."

Er zuckte mit den Achseln. „Als ich aufwuchs, hat meine Mutter immer die Lautstärke aufgedreht, wenn Captain and Tennille im Radio lief. Ich fürchte, ich kenne auch jedes Wort von *Love Will Keep Us Together* und *Shop Around*."

Sie schüttelte den Kopf. „Nein."

„Nein, was?" Er runzelte die Stirn.

„Wir geben keine Zugabe."

„Keine Sorge." Nick kicherte, klopfte sich auf die Brust und blickte auf die Uhr. „Ich muss sowieso die Kinder abholen. Der Film ist fast vorbei."

Sie zwang sich zu einem Lächeln und nickte. Sie hatte die Kinder vollkommen vergessen, weswegen sie sich noch schlimmer fühlte, weil sie sich wünschte, der Abend müsste nicht enden. Selbst wenn das bedeutet hätte, dass sie erneut auf die Bühne gehen und ein Lied singen müsste. „Natürlich. Ich glaube, ich habe das Zeitgefühl verloren."

Er nickte, blickte über ihre Schulter zur Bühne und seufzte. „Vielleicht können wir das ein andermal wiederholen?"

Trotz ihrer Hemmungen, in der Öffentlichkeit zu singen oder sich regelrecht zum Narren zu machen, nickte sie, ohne zu zögern. „Könnte lustig werden. Haben Captain und Tennille noch andere Tierlieder gesungen?"

Nick lachte laut und legte den Kopf in den Nacken. „Das glaube ich nicht." Er stand auf und wartete darauf, dass sie dasselbe tat. „Wir können genauso gut so weit wie möglich zusammen laufen, es sei denn, du hast Lust, dich noch ein bisschen länger mit vier Kindern herumzuschlagen?"

„Das beste Angebot, das ich heute Abend bekommen habe."

Er legte den Kopf schief. „Entweder bist du eine unglaubliche Person …" Dann zuckte er mit den Schultern, grinste schelmisch, und gab ihr ein Zeichen, vorauszugehen. „Oder du hast deine Messlatte zu niedrig angesetzt."

Ohne nachzudenken, schwang sie ihre Hand und schlug ihm leicht auf den Unterarm.

„Okay. Vielleicht muss ich zu unglaublich noch angriffslustig hinzufügen."

„Du solltest vielleicht bedenken, dass ich mit vielen Cousins aufgewachsen bin und ich es mit jedem einzelnen von ihnen aufnehmen kann, wenn es sein muss."

„Zur Kenntnis genommen." Er verkniff sich ein Lächeln und Ginnie merkte, wie ihre Zehen bei dem Anblick kribbelten.

Im Flur, nur wenige Meter von der überfüllten und lauten Lounge entfernt, klingelte ihr Telefon. Das Geräusch war so unerwartet, dass es sie nicht nur erschreckte, sondern sie für einige Sekunden auch verwirrte. Auf einmal fiel ihr ein, dass sie ihr Telefon in die Tasche gesteckt hatte und darauf wartete, dass der Empfang funktionierte, damit sie zuhause anrufen konnte.

Sie zog es aus der Tasche, warf einen schnellen Blick auf das Display, sah den Namen ihrer Schwester Mina und drückte schnell auf die Freisprechfunktion. „Hallo."

„Du warst großartig.“

Stirnrunzelnd starrte sie auf ihr Handy. „Was?“

„Ich meine, du bist keine Lady Gaga, aber das klang nach Spaß.“

Jetzt war Ginnie völlig verwirrt. Sie blickte sogar über ihre Schulter den Flur hinunter, um zu sehen, ob ihre Schwestern ihr einen Streich spielten und mit auf die Kreuzfahrt gekommen waren.

„Bist du noch da?“, ertönte Jos Stimme durch die Leitung. „Wer ist der Typ, der klingt, als könnte er das Eis an einem Wintertag schmelzen?“

Ginnies Kopf drehte sich plötzlich um und sah, dass Nicks Augen vor Überraschung weit aufgerissen waren.

„Ginnie?“ Diesmal war es die Stimme ihrer Mutter.

Um Himmels Willen, was war los? „Ich bin hier.“

„Giovanna. Deine Schwester hat recht. Es ist schön, dich singen zu hören und wer ist der Mann, der mit der Stimme eines echten Italieners singt?“

Ginnie verdrehte seufzend die Augen bei den Worten ihrer Mutter. „Mamma. Nicht jeder, der gut singen kann, ist Italiener.“

Nicks Unterlippe legte sich über seine Oberlippe, bevor er nickte und leise murmelte: „Dir gefällt, wie ich singe?“

„Ist das die Stimme, die Butter schmelzen lässt?“ Ihre Mutter konnte schon immer drei Zimmer weiter eine Stecknadel fallen hören.

„Warte mal. Kann mir jemand sagen, was los ist? Woher wisst ihr, dass Nick singen kann?“

„Ginnie, du hast uns aus Versehen angerufen. Wir haben fast die ganze Vorstellung gehört.“ Minas Stimme triefte vor Belustigung. „Und schön, dich kennenzulernen, Nick. Hut ab, dass du meine pragmatische Schwester dazu überredet hast, auf einer Bühne zu singen.“

„Freut mich auch, dich kennenzulernen, und ich stimme zu, sie war großartig."

Im Hintergrund konnte Ginnie die Stimme ihrer Mutter verschwinden hören, als sie ihrem Mann zurief: „Vito, deine Tochter hat einen Mann gefunden, genau wie ihre Schwestern."

Jetzt wäre ein guter Zeitpunkt für das Schiff, einen Eisberg zu rammen. Sie wagte es nicht, Nick anzusehen, doch sie konnte sein Lächeln fast hören.

„Ich vermute, ihr gehört nicht zu den Passagieren, die im Hafen zurückgeblieben sind?", fragte Mina, wahrscheinlich um davon abzulenken, dass ihre Mutter Ginnie gerade in Verlegenheit gebracht hatte.

„Tun wir nicht, aber eine Zeit lang war es hier ein bisschen holprig."

„Halte uns auf dem Laufenden." Minas Tonfall wechselte von humorvoll zu ernst.

„Und ruf uns an, wenn du wieder singst", neckte Jo.

„Mache ich. Ich muss jetzt los. Es ist Zeit, die Kinder abzuholen."

„Kinder?", wiederholten ihre beiden Schwestern, woraufhin Ginnie grinste.

„Muss los. Bye." Sie beendete den Anruf und passte genau auf, als sie das Handy wegsteckte, um nicht aus Versehen eine erneute Verbindung nach Hause aufzubauen. Sie konnte sich die Verwirrung ihrer Schwestern und das darauffolgende Gespräch gut vorstellen. Ginnie liebte es, die beiden zu ärgern. Sie wünschte sich nur, dass Nick den Großteil des Gesprächs nicht mitangehört hätte. Aber an ein bisschen Peinlichkeit war noch niemand gestorben. Hoffentlich.

Nick wusste, dass er singen konnte. So weit er sich zurückerinnern konnte, hatten seine Mutter und seine Schwester es ihm immer wieder gesagt.

Während seiner Schulzeit hörte Nicks Physiklehrer ihn einmal an seinem Schließfach vor sich hin singen, woraufhin der Mann sich zu ihm beugte und mit dem Kopf nickte. „Du solltest für das Schultheaterstück vorsingen."

Erschrocken fragte sich Nick, wie er höflich sagen konnte, dass das auf gar keinen Fall passieren würde. Letztendlich spielte er Danny in *Grease*. Dabei hatte er einiges gelernt, vor allem, dass er sich nicht schämen musste, vor Leuten zu singen, weil er wirklich eine überdurchschnittlich gute Stimme hatte. Obwohl er das wusste, wollte er wie der sprichwörtliche Pfau herumstolzieren, als er Ginnie und ihre Schwestern dasselbe sagen hörte.

Dass Ginnie bereit war, mitzukommen, um die Kinder abzuholen, anstatt zu bleiben und etwas mit Erwachsenen zu unternehmen, toppte dieses Gefühl noch einmal. War er jemals so glücklich in der Gesellschaft einer Frau gewesen? Hatte er jemals in weniger als vierundzwanzig Stunden so viel Zeit mit einer Frau verbracht, ohne den Drang zu verspüren, sich die Haare zu raufen oder durch die Hintertür zu verschwinden? Nein. Ginnie war definitiv etwas Besonderes.

Sein Gedankengang ließ ihn darüber nachdenken, ob das vielleicht das war, was die albernen Lieder und kitschigen Filme als Liebe auf den ersten Blick darstellten. Lächerlich.

„Möchtest du mir erzählen, woran du denkst?" Ginnie schlenderte neben ihm den Flur entlang und warf ihm einen Seitenblick zu. „Du hast deinen Kopf geschüttelt. Was ist los?"

„Oh." *Lass dir schnell etwas einfallen.* „Ich habe

mich gefragt, ob ich jetzt meine Schwester erreichen kann. Aber selbst wenn die Leitungen funktionieren, sollte ich wahrscheinlich warten, bis sie mich anruft."

Ginnie zuckte mit den Schultern. „Oder du kannst anrufen, nachdem wir die Kinder abgeholt haben, damit sie alle Hallo sagen können. Und wenn sie nicht rangeht, kannst du eine Nachricht hinterlassen."

Jetzt nickte er, anstatt den Kopf zu schütteln. „Guter Plan. Gefällt mir."

Sein Drang, ihre Hand zu ergreifen, erschreckte ihn. Mehr als einmal hatte er seine Hände in die Taschen geschoben oder sich gerade noch rechtzeitig dabei ertappt, unbewusst nach ihr zu greifen.

Ihr Timing war perfekt gewesen. Gerade als sie um die Ecke zum Deck bogen, wo die Kinder unter den Sternen einen Film ansahen, begann der Abspann.

„Perfektes Timing", Ginnie blickte ihn an.

Er lächelte. „Das habe ich auch gerade gedacht." Als sie sich der Stelle näherten, wo sie die Kinder abgesetzt hatten, bemerkte er, dass alle vier fest schliefen.

„Ich schätze, der Film war nicht sehr gut", kicherte Ginnie leise.

„Hoffentlich schlafen sie die Nacht durch."

„Es ist lange her, dass ich ein kleines Kind war, aber ich schätze, all dieses Spielen und Herumtollen in der Sonne ist wie ein Tag am Strand, man ist erschöpft und will nur noch ins Bett."

„Sieht so aus." Nick beugte sich über die Jungen. „Zeit nach Hause zu gehen."

Ginnie ging zu den Mädchen und tippte der Ältesten auf die Schulter. Die drei Älteren waren sofort wach, aber die Jüngste, schien mit ihren sechs Jahren nicht gerade glücklich darüber zu sein, aus ihrem Schlaf gerissen zu werden. Doch Ginnie hatte die Kleine an ihre Schulter gelegt, bevor Nick eingreifen konnte.

„Ich kann sie nehmen.“

Aber die kleine Monica hatte sich bereits eingekuschelt und schlief wieder fest. Ginnie schüttelte den Kopf. „Ich habe sie.“

Am Aufzug musste er noch einmal fragen. Und auch als sie aus dem Aufzug kamen, musste er erneut sicherstellen, dass das kleine Mädchen nicht zu schwer für sie war. Die Erfahrung hatte ihn gelehrt, dass es irgendwann einfacher war, Monica auf seine Schultern zu setzen, als sie wie ein Baby herumzutragen, da sie keines mehr war. Wenn er darüber nachdachte, schienen seine Arme immer viel schneller ermüdet zu sein als die seiner Schwester, als die Mädchen noch Babys waren.

An der Suite beeilte sich Nick, die Tür zu öffnen, bevor Ginnie ankam. Drinnen sah seine Mutter vom Sofa und ihrem Buch auf. Als ihr Blick auf Ginnie fiel, die Monica trug, lächelte sie breiter, als er es seit langem gesehen hatte.

„Alle sofort ins Bett und zieht eure Pyjamas an“, wies seine Mutter die Kinder an. „Dann putzt euch die Zähne und wascht euch die Hände.“

„Ihr habt eure Großmutter gehört“, wiederholte Nick, drehte sich dann zu Ginnie um und tippte Monica auf die Schulter. „Schatz, es ist Schlafenszeit.“

Das Kind kuschelte sich noch fester an Ginnies Schulter und Ginnie schüttelte den Kopf. „Ich helfe ihr in ihren Schlafanzug. Wenn sie nicht aufwacht, lassen wir sie einfach im Bett.“

„Sollte sie nicht auf die Toilette gehen?“ Nick dachte, dass es für kleine Kinder Pflicht sei, vor dem Schlafengehen aufs Töpfchen zu gehen.

„Wenn sie nicht aufwacht, dann nein.“ Ginnie zuckte mit den Schultern und zog der Kleinen zuerst die Schuhe, dann ihre Shorts und ihr Hemd aus. „Wo ist ihr Schlafanzug?“

Rachel kam angerannt und brachte den Schlafanzug ihrer Schwester. „Hier, bitte."

Nach ein paar Minuten waren alle Kinder gebürstet, gewaschen, umgezogen und ins Bett gebracht. Nicks Mutter hatte den Zimmerservice bestellt, weshalb sie glücklich darüber war, dass sie sich weiterhin mit hochgelegten Beinen und der Schale mit schokoladenüberzogenen Erdbeeren vor sich auf dem Sofa ausruhen konnte.

„Sieh mich nicht so an." Seine Mutter hielt sich eine Erdbeere vor den Mund und grinste ihn an. „Erdbeeren sind gesund."

„Schokolade auch." Ginnie griff nach einer der Erdbeeren.

„Nimm dir mehr, wenn du magst. Sie bringen uns jeden Tag eine frische Schale."

Ginnie schüttelte den Kopf. „Eine reicht, danke."

„Wie du willst." Seine Mutter öffnete ihr Taschenbuch und blickte hinein. „Geht und habt Spaß. Ich bin da, wenn die Kinder etwas brauchen."

„Wir waren lange genug weg."

Jetzt sah seine Mutter auf und schüttelte den Kopf. „Die Jugend ist wirklich an die Jungen verschwendet. Geht einfach. Ihr werdet das noch herausfinden."

Ginnie drehte sich zu ihm um. „Ich glaube, du wurdest rausgeworfen."

„Klingt ganz danach." Er drehte sich zu seiner Mutter um. „Mom. Hast du wirklich …"

Ihre Hand schnellte hoch, aber ihr Kopf blieb im Buch. „Geht."

Er drehte sich wieder zu Ginnie um. Wenn er eines in seinem Leben gelernt hatte, dann, dass es keinen Sinn hatte, mit seiner Mutter zu diskutieren. „Sieht so aus, als müssten wir uns etwas anderes suchen."

„Ich schätze auch."

Er hoffte wirklich, dass das Lächeln auf Ginnies

Gesicht echt war, denn im Moment konnte er sich nichts vorstellen, was er lieber tun wollte, als Zeit mit Ginnie Ummarino zu verbringen.

# KAPITEL ZEHN

Wenn sie gekonnt hätte, wäre Ginnie zu Nicks Mutter gegangen und hätte sie geküsst. Weder die Vorstellung, in ihre Kabine zurückzukehren, um sich einen Film anzusehen, noch allein in einer Lounge zu sitzen und so zu tun, als würde sie Spaß haben, dem Klavierspieler zu lauschen oder am Animationsprogramm teilzunehmen, war verlockend. Obwohl es wahrscheinlich eine gute Idee gewesen wäre, früh ins Bett zu gehen und sich die dringend benötigte Ruhe zu gönnen, klang es noch besser, mehr Zeit mit Nick zu verbringen.

Nick zog die Tür hinter sich zu, drückte noch einmal dagegen, um zu überprüfen, ob sie eingerastet war, und drehte sich dann zu ihr um. „Also, wo schlägst du vor, dass wir uns etwas Unterhaltsames suchen, um meine Mutter glücklich zu machen?"

Irgendwie wünschte sie sich, Nick hätte ihre gemeinsame Zeit nicht ganz so beschrieben, aber es war schließlich die Wahrheit. „Das hängt davon ab, was du gerne machst." Sie drehte ihr Handgelenk und warf einen Blick auf die Uhr. „Jetzt sollte in vielen Lounges Musik gespielt werden."

Er lächelte. „Ich mag Musik."

„Es gibt auch ein paar Spiele."

„Spiele?"

„Eines meiner Lieblingsspiele ist das Musikquiz, aber ich glaube, das findet früher am Abend statt."

„Du bist ein Quizfan?" Er zog die Augenbrauen hoch.

„Naja, aber das hier ist ein bisschen anders. Jeden Abend ist es ein anderer Künstler oder eine andere Ära. Es könnten zum Beispiel Elvis-Songs sein oder Filmmusik oder Hits eines bestimmten Jahrzehnts."

„Das klingt wirklich lustig."

Sie stand am Aufzug und zog den Tagesplaner heraus, den sie zusammengefaltet in ihrem Umhängeband mit ihrer Schlüsselkarte aufbewahrte. „Ja. Das war vor einer Stunde."

„Vielleicht morgen?"

„Vielleicht." Sie ignorierte das Kribbeln, das ihr beim Gedanken an einen weiteren Tag mit Nick den Rücken hinunterlief. Besonders, da es diesmal seine Idee gewesen war und nicht die seiner Mutter.

„Was steht noch auf dieser Liste?" Die Türen des Aufzugs öffneten sich und sie traten ein. „Fahren wir nach oben oder nach unten?"

„Die meisten Aktivitäten scheinen eingestellt worden zu sein. Wir könnten auf Deck sechs gehen und dann das Schiff durchqueren und sehen, was uns gefällt."

„Oh." Er lächelte. „Ein Abenteuer. Das gefällt mir."

Niemand würde Ginnie als abenteuerlustig bezeichnen. Das traf eher auf Jo zu. Gelegentlich vielleicht sogar auf Mina. Doch ihr gefiel die Vorstellung, dass jemand sie als abenteuerlustig bezeichnete. Oder vielleicht lag es daran, dass Nick dieser jemand war.

Sie hatten es nur ein kurzes Stück das Schiff hinunter geschafft, als sie zum Casino kamen. Nick sagte nichts, aber sie konnte sehen, dass er beim Gehen die verschiedenen Tische interessiert beäugte.

„Spielst du?", wagte sie zu fragen.

Er wandte den Kopf von den Tischen zu seiner Linken ab und sein Blick begegnete ihrem. „Nicht wirklich. Was ist mit dir?"

Sie hätte beinahe laut gelacht. „Nicht im Geringsten. Ich meine, meine Großmutter hat uns allen das Kartenspielen beigebracht, insbesondere Poker. Sie hat Poker geliebt. Aber meine Schwester Mina ist diejenige, die einen sechsten Sinn hat, wenn es um Glücksspiele geht. Oder zumindest war das auf unserer ersten Kreuzfahrt so."

„Also hast du noch nie irgendwo an einem Spielautomaten gespielt?"

Sie schüttelte den Kopf.

„Was ist mit Roulette?"

„Nur wenn der Casino-Abend an meiner katholischen High School zählt."

„Ich dachte, die Katholiken hätten das Monopol auf Bingo."

„Das auch. Aber der Casino-Abend war die jährliche Spendenaktion. Er brachte immer das große Geld ein. In einem Jahr bekamen wir ein brandneues Chemielabor. Sogar Kinder, die Naturwissenschaften nicht mochten, liebten dieses Labor."

„Gibt es da eine Geschichte?"

„Nicht über mich. Aber es war überaus unterhaltsam, als George Carlyle und Tommy Benson den Ort fast in die Luft gejagt hätten. Wenn Schwester Margaret nicht hereingekommen wäre und ihre Reagenzgläser aus dem Fenster geworfen hätte, hätte die Explosion wahrscheinlich nicht nur den halben Raum abgefackelt."

„Verstehe." Sein Blick verweilte einen Moment an einem der Tische.

„Wollen wir reingehen?"

„Der Kerl dort scheint sich gut zu schlagen." Nick hob sein Kinn und deutete auf einen Mann, der Würfel in seinen Händen schüttelte.

Obwohl sie es noch nie gespielt oder irgendwo anders als in einem alten Film gesehen hatte, glaubte sie, das Spiel zu erkennen. „Craps?"

Er nickte, während der Kerl die Würfel rollen ließ. So wie die Leute um den Tisch herum jubelten, vermutete sie, dass er seine Sache gut gemacht hatte.

„Lass uns bleiben und zusehen."

„Macht es dir nichts aus?"

Sie schüttelte den Kopf. Wenn Nick dabei wäre, würde sie sogar gerne herumstehen und Gras beim Wachsen zusehen. „Kannst du erklären, was passiert?"

Er nickte. „Sicher."

Sie rückten näher an den Tisch heran und quetschten sich zwischen zwei Leute, sodass sie und Nick so nah beieinander stehen mussten, dass sein Arm den ihren streifte. Ginnie musste irgendwie dem Drang widerstehen, sich noch näher an ihn zu schmiegen.

„Wenn er jetzt eine Sieben oder eine Elf wirft, gewinnt er. Wenn die Würfel auf zwei, drei oder zwölf landen, ist das nicht gut."

Als ob die Würfel Nicks Erklärung folgten, rollten die beiden Zahlen und blieben bei elf stehen, und der ganze Tisch stieß einen kollektiven Seufzer aus, während der Mann seinen Gewinn entgegennahm.

„Und jetzt?"

„Er kann jetzt nichts mehr tun. Er muss die Würfel weitergeben."

„Okay. Verstanden." Sie sah zu, wie die nächste Frau die Würfel warf. Die Leute bewegten die Chips hin und her. Alle paar Würfe jubelten einige Leute und andere stöhnten. Ginnie konnte beim besten Willen nicht begreifen, wie zum Teufel dieses Spiel funktionierte. Scheinbar waren sieben oder elf gut und zwei, drei und zwölf nicht, aber alles dazwischen war ihr ein Rätsel.

„Willst du es mal versuchen?“

Sie brauchte eine Sekunde, um zu bemerken, dass Nick mit ihr sprach. Nicht, dass er mit irgendjemand anderem sprechen würde, aber sie hätte gedacht, dass er eine Chance zum Spielen haben wollte. „Was ist mit dir? Willst du nicht spielen?“

„Ich habe nicht viel Glück bei Glücksspielen. Ich garantiere dir, wenn ich die Würfel nehme, werfe ich Snake Eyes.“

Sogar sie wusste, dass das die gefürchtete Zwei war. „So schlecht kannst du nicht sein.“

Er schüttelte den Kopf. „Okay, aber du wirst schon sehen.“

Er nahm die Würfel in die Hand und schüttelte sie kurz, ohne zu pusten, zu beten oder die Glücksgöttin anzurufen. Tatsächlich, jetzt wo sie darüber nachdachte, war keiner der Spieler beim Würfeln so melodramatisch gewesen wie in den Filmen. Sie überlegte, ob sie die Daumen drücken oder ein Kreuzzeichen machen sollte, tat aber weder das eine noch das andere und hielt den Blick auf die Würfel gerichtet. Einer landete, dann der andere, sie rollten, kippten und blieben stehen. Snake Eyes. „Und da hast du es. Kein Glück heute Abend.“

„Ich verstehe, was du meinst.“

Wenn Nick die Gewinnzahlen im Lotto so einfach vorhersagen könnte wie seine Verliereraugenzahl beim Craps, wäre er ein sehr reicher Mann. „Ich mag das Spiel wirklich, aber ich habe nicht das richtige Gespür dafür.“

„Ich bin ehrlich. Ich habe keine Ahnung, was da vor sich geht, aber es macht Spaß, zuzusehen. Es herrscht eine seltsame Energie am Tisch.“

„Ich stimme dir zu, was die Energie angeht. Aber ich bin mir nicht sicher, ob seltsam das richtige Wort dafür ist, aber sie ist definitiv da. Du solltest es mal versuchen. Etwas Neues für dich.“

„Ich würde wahrscheinlich genauso wie du Snake Eyes werfen.“

„Oder vielleicht hast du Anfängerglück, weil du nicht verstehst, was du tust. Lass dich von der Energie leiten.“

„Ich weiß nicht.“

„Meine Mutter hat gesagt, wir sollen uns etwas Lustiges suchen. Das hier kann Spaß machen ...“ Er hatte keine Ahnung, warum er sie so sehr zum Mitspielen drängte, aber die Art, wie sie jeden am Tisch zu mustern schien, ließ ihn glauben, dass er einen Anflug von Interesse entdeckt hatte. Ganz wie ein Kind auf dem Schulhof, das bei einem Spiel der größeren Kinder mitmachen wollte.

„Ich schätze, für deine Mutter kann ich es probieren.“ Ihre Augen funkelten und ihre Schultern zuckten enthusiastisch. Er hatte recht gehabt, sie hatte es kaum erwarten können, es zu versuchen.

Nachdem der aktuelle Spieler eine Sieben geworfen und versagt hatte, kamen die Würfel zu Ginnie.

Sie nahm die Würfel in eine Hand, hob die andere und Nick berührte schnell ihren Unterarm. „Entschuldige, nur eine Hand und halte sie immer über dem Tisch.“

Sie runzelte verwirrt die Stirn.

„Erkläre ich dir später.“

Sie nickte, schüttelte die Würfel und flüsterte sich etwas zu, das niemand, nicht einmal er, hören konnte. Sie schloss die Augen und warf die Würfel auf den Tisch. Erst als eine Handvoll Leute links von ihr jubelten, öffnete sie sie und sah die Elf. „Oh, mein Gott.“

„Da hat du es", er deutete mit dem Arm in Richtung der Würfel auf dem Tisch. „Anfängerglück."

Sie nickte. Nachdem der Dealer die gewonnenen Einsätze ausgezahlt hatte, schob er die Würfel mit einem langen Stock, der einem Hirtenstab ähnelte, zu ihr zurück. Wieder hielt sie die Würfel über den Tisch und murmelte etwas, das nur sie wusste. Genau wie zuvor schloss sie die Augen und ließ die Würfel über den Tisch rollen. Sieben. Noch ein sofortiger Gewinn. Dieselben Leute links von ihr, die mit ihr gewettet hatten, jubelten laut.

Wieder runzelte sie die Stirn und lehnte sich an ihn. „Wie kommt es, dass der Typ vor mir mit einer Sieben verloren hat und ich gewonnen habe?"

„Ich erkläre es dir später. Würfel weiter."

Sie tat, wie er befahl, würfelte erneut und würfelte eine Acht.

„Habe ich gewonnen?", fragte sie leise.

„Du hast nicht verloren. Du kannst deine Chancen erhöhen, indem du dem Gentleman eine andere Zahl nennst. Willst du das?"

„Sicher."

„Welche Zahl?"

Ihre Augenbrauen schossen in die Höhe und er war fast versucht, nachzusehen, ob ihm Hörner gewachsen waren. „Vier, fünf, sechs, neun oder zehn."

„Sechs."

„Sag sie ihm, nicht mir."

„Richtig." Sie informierte den Croupier und warf dieselben Würfel erneut. Das Glück der Frau hielt an. Eine Sechs.

Als der Dealer sie erneut auszahlte, leuchteten Ginnies Augen auf und ihre Füße tanzten ein wenig. Der Stapel Chips vor ihr wurde größer. Mit jedem Wurf und jedem Erfolg wuchs die Menge um den Tisch. Mit so viel Glück sollte sie Lotto spielen.

„Ich will nicht mehr wetten." Ginnie trat einen kleinen Schritt zurück und sprach so, dass nur er es hören konnte. „Das kann ewig so weitergehen. Sollten wir nicht aufhören, wenn wir im Plus sind?"

„Nicht beim Craps. Man muss nicht immer mehr setzen, wenn man die Acht trifft oder Craps, dann kann man aufhören."

„Alles, was ich brauche, ist eine Acht oder Snake Eyes."

„Nein. Acht oder Sieben."

„Sieben verliert."

Er nickte.

„Wie der Typ vor mir?"

„Irgendwie, ja."

„Das ist verwirrend."

Jetzt, wo sie es erwähnte, viel ihm auf, dass er lange gebraucht hatte, um alle Regeln darüber zu lernen, was man wann werfen musste. „Ein bisschen, aber wirf weiter, sonst haben wir vielleicht bald eine Revolte am Hals."

Noch ein Wurf und sie traf die Acht. Der Dealer zahlte aus und sie nahm ihre Chips. Als sie vom Tisch ging, applaudierten ihr die Leute, die mit ihr durch ihre Würfe gewonnen hatten.

„Was willst du jetzt spielen?"

„Nichts. Ich will mein Geld nehmen und hier verschwinden, solange ich im Plus bin. Ich habe zu viele Geschichten von Leuten gehört, die beim Glücksspiel gewonnen und dann gleich wieder alles verloren haben."

Am Kassenschalter gab sie ihre Chips ab und ihre Augen wurden immer größer, als der Kassierer über fünfhundert Dollar abzählte. Mit dem ganzen Geld in der Hand drehte sie sich um und zeigte grinsend mit dem Finger auf ihn. „Wow. Ich verstehe immer noch nicht ganz, wie ich das gemacht habe, aber danke. Ich schulde dir das größte Steak-Dinner, das du je hattest.“

„Du schuldest mir nichts, aber wenn das eine Einladung ist, nehme ich sie gerne an.“

„Betrachte dich als eingeladen.“

„Dann betrachte deine Einladung als angenommen.“ Er hatte vielleicht nicht selbst beim Craps gewonnen, aber wenn er noch mehr Ausreden hatte, um Zeit mit Ginnie zu verbringen, dann war er heute Abend definitiv auch ein Gewinner.

# KAPITEL ELF

Die frühe Schlafenszeit der Kinder wäre heute auch etwas für Ginnie gewesen. Kaum hatte sie ihre Gewinne im Kasino abgeholt, fing sie an zu gähnen. Zuerst nur ein bisschen, aber als sie die Musiklounge erreicht hatten, gähnte sie öfter als sie atmete. Sie hatte widerwillig zugestimmt, dass es ein langer Tag gewesen war und ein frühes Zubettgehen die Lösung war. Was bedeutete, dass sie Nick am Aufzug zurücklassen musste. Hatte sie sich jemals jemandem so verbunden gefühlt, abgesehen von ihren Schwestern?

Sie hatte sich diese Frage die ganze Nacht gestellt und auch davon geträumt. Zumindest hatte Nick sie eingeladen, mit ihnen zu frühstücken, falls sie wieder Lust hatte, die Kinder zu zähmen. Mit aufrichtiger Freude hatte sie sofort zugesagt. Jetzt musste sie sich beeilen und sich anziehen, um sie zur vereinbarten Zeit in der Suite zu treffen.

Während der gesamten Fahrt mit dem Aufzug und dem Gang durch den Flur zur Suite tanzte ihr Herz mit jedem aufgeregten Schlag. Sie konnte sich nicht mehr daran erinnern, sich seit der High School so sehr darauf gefreut zu haben, Zeit mit dem anderen Geschlecht zu verbringen. Aber hier war sie nun, und die Vorfreude auf den Tag wuchs mit jedem Schritt. Tatsächlich musste sie sogar eine Sekunde innehalten und tief durchatmen, bevor sie an die Tür klopfte.

Innerhalb weniger Augenblicke flog die Tür auf. Jake, der ältere Junge, brüllte: „Wir sind fast fertig", drehte sich auf dem Absatz um und rannte wieder hinein.

„Komm rein." Nicks Mutter winkte ihr von ihrem Platz auf dem Sofa zu. Die Frau trug bereits hellbraune Caprihosen und eine schwarze, ärmellose, ordentlich gebügelte Bluse. Wäre da nicht der bandagierte Fuß auf dem Kissenstapel gewesen, hätte niemand bemerkt, dass sie auf dieser Reise auch nur ein bisschen Unannehmlichkeiten hatte.

„Wir haben beschlossen, Frühstück zu bestellen." Nick kam eilig aus seinem Zimmer und steckte sein Hemd in den Hosenbund. „Wir dachten, das wäre weniger chaotisch."

„Ich decke den Tisch." Monica grinste und zeigte dabei zwei fehlende Vorderzähne und ihren Plüschhasen, den sie zum Kuscheln unter einen Arm geklemmt hatte. Sie stand stolz vor Ginnie und hielt in jeder Hand ein Glas.

„Sei vorsichtig, wenn du die Sachen auf den Tisch stellst." Mrs. Maroney lächelte das Kind an.

Ginnies Blick wanderte zu der Schiebetür an der gegenüberliegenden Wand. Auf dem Balkon, der größer war als ihr ganzer Garten, entdeckte sie den Tisch, der bereits mit einer Blumenvase und etwas, das aussah wie die begehrten Erdbeeren mit Schokoladenüberzug, dekoriert war.

Sie ging weiter in den Raum, um zu sehen, womit sie helfen konnte, als hinter ihr ein Klopfen an der Tür ertönte. Schnell drehte sie sich um und öffnete die Tür. Dahinter wartete der Steward, bereit, den beladenen Wagen in die Suite zu schieben.

„Wo soll ich das hinstellen?", fragte der junge Mann.

Nick erschien neben dem Mann und zeigte auf den

Balkon. „Draußen wäre toll."

Mit einem Nicken schob der Mann den Wagen hinein, nahm dann nacheinander die abgedeckten Teller und stellte sie auf den großen Tisch. „Wenn Sie noch etwas brauchen, sagen Sie mir Bescheid."

Nach einem Nicken und Dankesworten und etwas Unruhe durch die durcheinanderlaufenden Kleinen saßen schließlich alle am Tisch – auch Nicks Mutter, trotz der Einwände ihres Sohnes.

„Es ist von allem genug da, also greift zu." Nick bestrich die Pfannkuchen für Monica und Rachel mit Butter und Sirup, während seine Mutter lächelnd zusah und die Jungs darauf bestanden, dass sie niemandes Hilfe brauchten.

„Was sind die Pläne für heute?" Ginnie schnitt in ein Stück Melone. Es erstaunte sie, dass Nick nicht nur auf das Essen geachtet hatte, das sie zuvor bestellt hatte, sondern sogar extra für sie bestellt hatte.

„Was sagt ihr, Kinder? Noch ein Tag im Club?" Nick biss in seinen English Muffin mit Honig.

„Ja!", jubelten die Jungs.

Die Mädchen wirkten nicht so überzeugt von der Idee.

„Was wollt ihr?", fragte Ginnie die beiden Mädchen.

„Können wir bei euch bleiben?", fragte Monica.

Was die Kinder mit ihrem Tag anstellten, war nicht Ginnies Entscheidung. Verdammt, sie war nur zum Frühstück eingeladen worden. Vermutlich wollte Nick den Tag damit verbringen, zu schlafen, sobald Phoebe schlief, oder sich zu sonnen oder ein paar Jungs zum Pokern zu finden. Die Möglichkeiten auf dem Schiff waren endlos.

„Können wir?", wiederholte Rachel.

Ginnie blickte in Nicks Richtung. Ihre Blicke trafen sich und sie konnte in seinen Augen lesen wie in einem sprichwörtlichen Buch. Er wollte, dass sie entschied. Sie schüttelte den Kopf. „Das ist Onkel Nicks Entscheidung."

Diesmal neigte er leicht den Kopf und zog die Brauen hoch. Okay. War das eine Einladung?

Sie konnte nur lächeln und mit den Achseln zucken.

Er hielt seine Augen auf ihre gerichtet, hob den Kopf, nickte leicht und lächelte.

Woher sie wusste, dass er nach einer Bestätigung fragte, konnte sie nicht sagen. Sie fühlte sich wie ein Pudel und ein Deutscher Schäferhund, die in einem Hundepark miteinander kommunizierten. Den Drang unterdrückend, über das lächerliche Gespräch, das sie gerade geführt hatten, zu lachen, nickte und grinste sie.

„Ich schätze, wir verbringen heute Zeit zusammen." Nick zerzauste der Kleinen das Haar.

„Moment", mischte sich der größere Junge ein. „Was wollt ihr machen?"

„Ja", der jüngere Bruder, der, wie Ginnie bemerkte, dazu neigte, dem Beispiel seines älteren Bruders zu folgen, sah Nick an.

„Ich schätze, wir könnten Minigolf spielen?"

Alle vier Kinder starrten ihn schweigend an.

„Oder wie wär's mit Karten oder Puzzles im Spielzimmer?"

Immer noch keine Reaktion.

„Sie haben einen tollen Wasserpark. Wir könnten den Tag im Pool verbringen?"

Wie beim Startschuss bei einem Sprintrennen sprangen alle Kinder von ihren Stühlen auf und begannen in verschiedene Richtungen zu laufen.

„Hey. Wohin gehen alle?", fragte Nick.

„Meine Badehose anziehen", antwortete Jake von der Tür seines Schlafzimmers aus, während alle anderen nickten.

Nick schüttelte den Kopf. „Nicht, bis ihr fertig gefrühstückt habt."

Mit weniger Schwung in ihren Schritten marschierten die vier zurück zu ihren Plätzen und stocherten im Frühstück herum.

„Wisst ihr", lächelte seine Mutter die Kinder an, „je schneller ihr fertig esst, desto eher könnt ihr zum Pool gehen."

Wieder einmal herrschte Begeisterung. Ginnie hatte noch nie jemanden gesehen, der sein Frühstück so schnell verdrückte wie diese Kinder. „Ich sollte wahrscheinlich zurück in meine Kabine gehen und mich umziehen."

„Oh, ja", kicherte Nick. „Ich auch." Er stieß sich vom Tisch ab. „Treffen wir uns hier in …?"

„Zehn Minuten", beendete sie den Satz, eilte dann zur Tür hinaus und rannte praktisch den Flur entlang. Sie schwamm nicht einmal gern, aber im Moment konnte sie sich nichts Schöneres vorstellen, als mit Nick und fünf Kindern in einem überfüllten Pool auf einem riesigen Schiff zu schwimmen. Ihre Mutter würde sich schlapplachen, wenn sie Ginnie jetzt sehen könnte.

Zu Nicks großer Überraschung war er nicht, wie erwartet, überfordert von der Abwesenheit seiner Schwester und der Verletzung seiner Mutter, sondern freute sich, eine Ausrede zu haben, mehr Zeit mit Ginnie zu verbringen. Nichts an diesem Urlaub hatte den Plan beinhaltet, Frauen kennenzulernen. Oder überhaupt eine Frau. Dies war eine Kreuzfahrt, auf der er Onkel Nick sein durfte, und wenn er schon dabei war, ein bisschen gemeinsame Zeit mit seiner Mutter verbringen konnte. Doch statt alledem schweiften seine Gedanken zu der Vorstellung, wie sehr er es hassen würde, wenn diese Kreuzfahrt zu Ende ging.

Auf dem Weg zum Pool trafen sie ein anderes Paar mit einem Kind in Phoebes Alter, das auf dem Weg zur Kleinkindbetreuung war. Die beiden Kleinkinder hatten offensichtlich Freundschaft geschlossen, also beschlossen er und Ginnie in letzter Minute, Phoebe mit ihrer kleinen Freundin den Babysittern des Schiffs zu übergeben.

Endlich an Deck, kramte Ginnie in einer Strandtasche, die groß genug war, um den ganzen Staat Rhode Island darin zu verstauen, und blickte zu Nick auf. „Wer hat die Sonnencreme? Ich dachte, ich hätte sie hier reingeworfen."

„Ich habe sie." Das älteste Mädchen hob die Hand und umklammerte mit den Fingern die große Tube Sonnencreme. „Monica und ich bekommen leicht einen Sonnenbrand, wenn wir nicht das gute Zeug benutzen."

Rachel überraschte ihn immer wieder. Manchmal war sie noch so kindisch und machte Unfug wie jedes andere Kind. Und manchmal kam es ihr vor, als würde sie mit ihren neun Jahren schon fast auf die Vierzig zugehen.

„Es wird sich nur abwaschen, wenn wir in den Pool gehen." Jake blickte seine neue Schwester stirnrunzelnd an.

„Nicht das gute Zeug." Rachel stemmte eine Hand in ihre Hüfte und sprach in einem elterlichen Tonfall, der Nick so sehr an seine Schwester erinnerte, dass er sich zusammenreißen musste, nicht zu lachen.

„Man sollte immer Sonnencreme benutzen." Ginnie schmierte die Lotion auf Jeffs Rücken und sorgte nacheinander dafür, dass jedes Kind am Nacken und hinter den Ohren und auf den Füßen zusätzliche Creme hatte.

„Ich wäre nie auf die Idee gekommen, das zu tun."

Während sie ihre eigenen Füße einschmierte, sah sie zu ihm auf. „Du bist wohl noch nie mit Hummerfüßen nach Hause gekommen."

Wieder verkniff er sich ein Lachen. „Nicht, dass ich wüsste."

Als Ginnie sich aufrichtete, ihr Kleid über den Kopf zog und es beiseite warf, verschluckte er beinahe seine Zunge. Ein sehr schlichter Einteiler, der an Filme aus den Fünfzigern erinnerte und alles bedeckte, was er konnte, war nichts, was seinen Puls hätte rasen lassen sollen, aber bei ihren Kurven tat er es trotzdem.

„Könntest du mir das bitte auf den Rücken schmieren?" Sie stand mit ausgestrecktem Arm da und hielt die Tube Sonnencreme in der Hand.

Er konnte seinen Mund beim besten Willen nicht bewegen. Seine Zunge fühlte sich an, als steckte sie in einem Glas Erdnussbutter fest.

„Nick?"

„Entschuldigung." Ein Wort war alles, was er herausbrachte. Er nahm die Lotion, holte tief Luft, rieb sie zwischen seinen Händen, damit sie nicht zu kalt war, und begann, sie sanft auf ihrem Rücken und ihren Schultern zu verteilen. Als seine Finger unter die Träger des Badeanzugs glitten, um sicherzustellen, dass sie sich keinen Sonnenbrand holte, sollten die Träger verrutschen, stockte sein Herzschlag. Er war ein Mann, und Männer reagierten auf Schönheit. Sie waren einfach so veranlagt. Aber dieses Gefühl, dass er einfach hier stehen und ihr die nächsten zehn oder zwanzig Jahre lang den Rücken eincremen könnte, war schockierend neu.

„Gehen wir jetzt ins Wasser?" Monica stand neben Nick.

„Ja", brachte er heraus. „Ja, das tun wir." Er schloss den Deckel der Lotion und gab sie ihr zurück.

„Soll ich dir etwas davon auf den Rücken schmieren?"

Sein Kopf ruckte etwas heftiger von einer Seite zur anderen, als es hätte sein sollen, aber das Letzte, was er jetzt brauchte, waren ihre Fingerspitzen irgendwo auf seinem Körper zu spüren. „Nein, danke. Ich, ähm, hole mir nicht so schnell einen Sonnenbrand."

„Bist du sicher?" Ihre Augenbrauen zogen sich zu einem unglücklichen V zusammen. „Hautkrebs ist kein Spaß."

Er schüttelte weiter den Kopf. „Du hast natürlich recht, aber ich bin versorgt."

„Wenn du darauf bestehst." Sie schob die Tube in die riesige Strandtasche und wandte sich den Kindern zu. „Wer als Letzter drinnen ist, ist ein faules Ei."

Bevor er es verarbeiten konnte, hatte Ginnie die Arme über den Kopf gehoben, war in das riesige Becken gesprungen und mit der Anmut von Esther Williams und der Geschicklichkeit von Katie Ledecky auf der anderen Seite wieder aufgetaucht.

Einen Moment später waren alle vier Kinder hineingesprungen und jagten ihr hinterher. Es tat auch nicht weh, dass das Becken zu seiner Überraschung nicht annähernd so überfüllt war wie an anderen Tagen.

Gerade als er hinter allen hineingesprungen war, blies einer der Animateure, die für Spaß im Freien zuständig waren, in seine Pfeife und erregte die Aufmerksamkeit aller. „Wer ist bereit für ein Rennen?"

Natürlich schrie jedes Kind im Becken begeistert auf.

„Also gut. Wir stellen uns am anderen Ende des Beckens auf, genau wie bei den Olympischen Spielen", sagte er, während mehrere Kleinere nach links und rechts schauten, um den Anweisungen des Mitarbeiters zu folgen. „Aber zuerst müsst ihr bei einem der anderen Mitglieder des Animationsteams eure Größe kontrollieren lassen."

Nacheinander stellten sich alle Kinder auf. Einige wurden als zu klein eingestuft, aber alle vier aus Nicks Familie schafften es. Er war dankbar, dass Phoebe beim Kleinkindprogramm war, sonst wäre er zu abgelenkt gewesen, um dem Rennen zu folgen.

Der erste Lauf war ziemlich unterhaltsam. Die Kinder traten und planschten auf Kickboards und stießen aneinander, bis sie es alle über das Becken geschafft hatten – unter tosendem Applaus und Jubel von Freunden, Familie und sogar Fremden.

„Also gut. Jetzt wollen wir Kinder und Eltern", verkündete derselbe Mann durchs Mikrofon.

Mit weit aufgerissenen Augen sah Ginnie Nick an. Ein Anflug von Panik war deutlich darin zu erkennen. Er konnte es ihr nicht verübeln. Wo waren sie da hineingeraten?

# KAPITEL ZWÖLF

Eine Handvoll Kinder stand zitternd mit einem Elternteil hinter ihnen neben dem Personal. Bei einigen Kindern hatte ein Elternteil die Hand auf ihrer Schulter. Nicks vier standen nur da und blickten über die Schultern zu ihm.

„Komm schon, Onkel Nick." Jeff winkte ihn herüber.

„Ja, Ginnie", rief Rachel, was sie zum Lächeln brachte, weil sie bei was auch immer gleich geschehen würde, dabei war.

Nick nickte ihr seufzend zu und gemeinsam nahmen sie ihre Plätze hinter je zwei der Kinder ein.

„Also gut. Da heute im Pool genug Platz ist, werden wir das Ganze etwas größer aufziehen. Wir machen ein Floßrennen, Kinder gegen Erwachsene."

Natürlich brachen die Kinder in eine weitere Runde Jubel aus und sprangen auf und ab, während so ziemlich jeder Erwachsene stöhnte, mit Ausnahme von ein oder zwei Vätern, die einen gesunden Wettbewerbsgeist zu haben schienen.

„Jedes Kind bekommt eine Luftmatratze. Ziel ist es, als erstes das Ende des Beckens zu erreichen. Jede Familie geht einzeln. Die anderen feuern sie an, und nachdem alle einmal an der Reihe waren, vergleichen wir die Zeiten der Kinder und Erwachsenen, um den Gewinner zu ermitteln."

Einige der Kinder runzelten die Stirn, ein paar

jubelten, aber Ginnie wartete auf den Haken an der Sache. Sie war schon oft auf diesen Kreuzfahrten gewesen und hatte diese Spiele oft genug gesehen, um zu wissen, dass immer mehr dahintersteckte, als anfänglich verraten wurde.

„Es gibt jedoch einen kleinen Haken", verkündete eine Mitarbeiterin.

Ginnie lehnte sich an Nick. „Ich wusste es."

„Ihr Kinder habt sicher die gelben Luftmatratzen bemerkt. Die sind für euch. Jedes Kind bekommt seine eigene. Ihr müsst euch mit dem Bauch darauflegen und vorwärts paddeln, bis ihr das andere Ende erreicht habt."

Alle Kinder nickten.

„Erwachsene ..."

„Jetzt kommt es", murmelte Ginnie.

„Die breiteren blauen Luftmatratzen sind für euch, aber uns ist die Zeit ausgegangen, um sie ganz aufzublasen. Ihr müsst sie also erst ganz aufblasen, bevor ihr ins Becken könnt."

Eine Frau lachte und sagte ihrem Mann, er könne es aufblasen, da er voll heißer Luft sei.

„Ich schätze, es ist nur fair, uns ein Handicap zu geben", stimmte Nick zu.

„Und da ist noch etwas", fuhr die Crew fort.

„Mach dich bereit, jetzt kommt es." Ginnie seufzte.

Nick sah in ihre Richtung. „Unsere eigenen Luftmatratzen aufblasen zu müssen, ist nicht genug?"

„Wir haben ein bisschen zu wenig blaue Luftmatratzen, also müsst Ihr, liebe Eltern, sie euch teilen."

„Teilen?", meldeten sich mehrere Stimmen.

„Stimmt. Genau wie Ihre Kinder werden Sie auf dem Bauch liegen. Es geht darum, Ihren Kindern Teamwork beizubringen. Jeder Ehepartner muss einen Arm um den anderen legen, also haben Sie nur je einen Arm zum Paddeln."

Diesem Vorhaben zuzustimmen, war vielleicht nicht Ginnies schlauster Schachzug gewesen. Einige Eltern wiesen darauf hin, dass sie keine Partner dabei hatten, und die Crew gab ihnen die Erlaubnis, einen Freund oder ein anderes Familienmitglied auszuwählen, solange dies nicht zur Scheidung führen würde. Aus irgendeinem Grund fanden die meisten Zuschauer das lustiger als Ginnie.

„Auf die Plätze, fertig, los.“

Auf das Startsignal hin sprangen die ersten Kinder mit ihren Luftmatratzen ins Becken und begannen, aufzusteigen. Manche schafften es beim ersten Versuch, andere brauchten etwas länger. Die Kinder waren schon auf der Hälfte des Weges, als ihre Eltern zu ihnen stießen. Irgendetwas sagte Ginnie, dass dies nicht das erste Rennen der Familie war, denn der Mann und die Frau schienen genau zu wissen, was sie taten. Sie drehten sich nur ein paar Mal in die falsche Richtung, bevor sie ein paar Züge hinter ihren Kindern das Ende des Beckens erreichten.

Sie waren als Nächste dran. Ginnie wandte sich an Nick. „Kann ich etwas tun, um irgendwie zu helfen?“

„Ich wünschte, du könntest.“

Der Mann gab das Startsignal und Nicks ganze Familie sprang in den Pool. Die Mädchen waren schneller auf ihren Luftmatratzen als die Jungs, aber die Jungs waren nicht weit hinter ihnen. Auf dem Deck sah Nick aus wie ein Kugelfisch, während er mit aller Kraft in die Luftmatratze blies. Da sie zu viert im Pool waren, passierte es häufiger, dass die Kinder zusammenstießen, aber sie waren schon auf halbem Weg, als Nick die Luftmatratze zustöpselte „Das sollte reichen. Bereit?“

Aus irgendeinem Grund bezweifelte sie, dass sie jemals bereit sein würde, Nick Maroney so nahe zu sein.

Ein Teil von Nick wünschte sich, Ginnie würde kneifen. Bei einem albernen Wettrennen neben ihr zu liegen, war nicht die Situation, in dem er sie zum allerersten Mal umarmen wollte.

„So bereit, wie ich es nur sein kann." Ginnies Lächeln kam ihm furchtbar zittrig vor, aber als sie ihre Schultern straffte und nach der Luftmatratze griff, wusste er, dass sie im Wettkampfmodus war. Sie hielt sich mit einer Hand an dem Schwimmkörper fest, sprang ins Becken und hielt die Luftmatratze gerade. „Du zuerst."

Warum nicht? Er packte eine Ecke, betrachtete diese eine Sekunde lang und entschied, dass es am sinnvollsten war, erst aufzusteigen und sich dann auszurichten. Er schwang ein Bein über die Luftmatratze, sodass er darauf saß und legte sich dann hin. Nicht schlecht. Außer, dass er in der Mitte der Luftmatratze war. „Lass mich nach links rutschen, dann steigst du auf."

Nick hielt sich an den oberen Ecken fest und verlagerte seine Hüften, woraufhin der ganze Schwimmkörper umkippte, sodass er ins Wasser fiel. Als er wieder auftauchte, wischte sich übers Gesicht und sah, dass Ginnie ihn auslachte.

„Vielleicht sollte ich zuerst aufsteigen."

„Sicher." Offensichtlich hatte er es vermasselt.

Mit der Anmut, die er von ihr erwartete, rutschte sie auf die Luftmatratze und setzte sich rittlings auf den Schwimmkörper. „Steig zuerst auf, dann legen wir uns hin."

„Wird schon schiefgehen." Er schwang sein Bein über die Luftmatratze und kletterte hinter ihr darauf. So weit, so gut.

Vor ihm konnte er sehen, wie die Kinder sich schlugen. Jake war ins Wasser gefallen und musste wieder aufsteigen. Jeff hatte sich versehentlich im Kreis gedreht und war mit Monica zusammengestoßen, wodurch beide von ihren Schwimmkörpern gefallen waren. Natürlich hatte Rachel, wie eine gute große Schwester kehrt gemacht, um ihnen zu helfen, aus dem etwas tieferen Wasser wieder auf die Luftmatratzen aufzusteigen.

„Super." Ginnie hob die Hand zu einem High Five und fiel fast nach hinten.

Schnell packte Nick ihre Arme und hielt sie fest, bis das Wasser unter ihnen aufhörte zu schwappen.

Ginnies Augen trafen kurz die seinen und er hätte schwören können, dass er dieselbe Sehnsucht erkannte, die sich in ihm aufgebaut hatte. Mit einem Seufzer riss sie ihren Blick von ihm los. „Ich denke, du solltest dich zuerst hinlegen, aber dieses Mal beuge dich nach vorne, nicht nach hinten."

„Können wir nicht einfach im Sitzen paddeln?" Er wusste es besser, musste es aber vorschlagen.

Ginnie schüttelte den Kopf, ihr Mund verzog sich zu einer Seite und sie blickte nachdenklich drein. „Vielleicht sollten wir beide gleichzeitig ein Bein heben?"

„Was?" Wie zum Teufel sollten sie das machen, ohne sich gegenseitig vom Schwimmkörper zu stoßen?

„Hast du eine bessere Idee?"

Er konnte nur seufzen und den Kopf schütteln. „Wie wäre es, wenn ich mich nach vorne beuge und du dich nach hinten lehnst, und wir sehen, was passiert?"

Während sie nickte, hob sie langsam ein Bein. Hier auf dem Wasser mussten sie aussehen wie eine moderne Skulptur von Chaos in Bewegung. Als sie ihr Bein hob, lehnte sie sich nach rechts.

„Bring das Boot nicht zum Schaukeln!", rief Nick

und streckte die Arme aus, um den Schwimmkörper zu stabilisieren, bevor er dasselbe Manöver versuchte. Im nächsten Moment kollidierte sein Knie mit ihrem und sie fielen beide in den Pool – erneut.

Nick wischte sich das Wasser aus den Augen und sah, dass Jake das Ende des Pools erreicht hatte und herauskletterte, während er und Ginnie es noch nicht einmal geschafft hatten, loszulegen. Auf dem Deck war die Ansammlung jubelnder Erwachsener gewachsen. Einige von ihnen riefen Vorschläge, die anatomisch unmöglich schienen.

Sie versuchten es noch ein weiteres Mal, mit einer neuen Strategie. Nick kletterte langsam auf die Luftmatratze und schaffte es, sich nach vorne zu lehnen, seine Beine auf den Schwimmkörper zu bringen und flach auf dem Bauch liegen zu bleiben.

Als wäre sie diejenige gewesen, die an Bord geklettert war, warf Ginnie die Arme in die Luft und rief triumphierend: „Wird schon schiefgehen."

Wo hatte er *das* schon einmal gehört? Der Plan, von dem er nicht begeistert war, der aber der einzige zu sein schien, der eine Chance auf Erfolg hatte, sah vor, dass sie auf seinen Rücken kletterte, nach vorne rutschte und dann seitlich hinabglitt. In dem Moment, in dem sie ein Bein über ihn warf und sich auf seinen Rücken hievte, fragte er sich, und das nicht zum ersten Mal, warum sie sich ausgerechnet auf diese Weise so nahe kommen mussten.

„Gut!" Ihre Arme schnellten wieder hoch und der Schwimmkörper wackelte erst nach links und dann nach rechts. „Ups."

„Ups?" Er hob leicht den Kopf, um sie anzusehen, und bereute die Bewegung sofort, als der Schwimmkörper nach rechts kippte.

Sie streckte die Arme seitlich aus, um das Gleichgewicht zu halten, wobei ihr Hintern auf seinem

Rücken hin und her rutschte.

Nick unterdrückte ein Stöhnen, ließ den Kopf sinken und vergrub sein Gesicht in der Luftmatratze. Gott sei Dank lag er nicht auf dem Rücken.

Als der Schwimmkörper wieder stabil war, beugte sich Ginnie nach vorne und glitt vorsichtig nach rechts von ihm herab.

Gerade als er seinen linken Arm ins Wasser tauchen und mit dem Planschen beginnen wollte, fiel ihm ein, dass er seinen anderen Arm um sie legen sollte. Vorsichtig hob er ihn und legte ihn um ihre Taille. Dann lehnte er sich leicht nach links und unter einer großen Welle rollten beide von der Luftmatratze und fielen in den Pool, gerade als das letzte der Kinder herauskletterte. Die vier lachten und jubelten und sprangen triumphierend auf und ab.

Ginnie und er spuckten Wasser und wischten sich die Gesichter ab, während sie sich wieder aufrichteten. In einem unerwarteten Moment der Verbundenheit brachen beide in schallendes Gelächter aus. Wenigstens hatten die Kinder Spaß, und wenn er ehrlich war, er ebenfalls.

# KAPITEL DREIZEHN

„Natürlich haben die Kinder gewonnen."

Ginnie kam aus Phoebes Zimmer, während Nick seiner Mutter erzählte, wie ihr Morgen verlaufen war.

„Es war großartig." Jake grinste seine neue Großmutter an.

„Ja", stimmte Rachel zu. „Können wir es noch einmal machen?"

Nick und Ginnie stöhnten gleichzeitig und brachen dann wegen dieser ungeplanten Synchronität in Gelächter aus.

„Ich bin sicher, wenn es noch ein Rennen gibt, könnt ihr mitmachen." Seine Mutter grinste zu ihnen hinauf. Wenn sie gewusst hätte, wie peinlich der ganze Versuch gewesen war, hätte sie vielleicht nicht so schnell zugestimmt. „Wer weiß, vielleicht bin ich bis dahin wieder ein bisschen mobiler und kann es mir selbst ansehen."

Genau das, was sie nicht brauchte. Ihre anatomische Ungeschicklichkeit wollte sie vor Nicks Mutter nicht zur Schau stellen.

„Wie fühlt sich dein Fuß an?"

„Besser", sagte Mrs. Maroney. „Ich kann ihn für ein paar Minuten hinlegen, bevor es pocht. Ich bin sicher, in ein paar Tagen kann ich euch auf mindestens ein Abenteuer begleiten."

Abenteuer. Das beschrieb den Morgen gut.

„Was steht heute Nachmittag auf dem Programm?", fuhr sie fort.

„Es gibt eine Schnitzeljagd." Nick hockte sich neben den Couchtisch, an dem die Kinder sich zum Mittagessen niedergelassen hatten, und reichte jedem der Kinder die Sandwiches, die der Zimmerservice gebracht hatte.

„Ja." Jeff grinste. „Wir müssen das ganze Schiff nach Sachen absuchen. Onkel Nick sagt, es wird lustig."

Ginnie hatte ihre Zweifel, ob sie mit Nicks Familie und den anderen herumrennenden Kindern mithalten konnte, aber wenn sie von ihrer Großfamilie etwas gelernt hatte, dann, mit dem Strom zu schwimmen und dabei ein Ave-Maria zu beten.

„Warum geht ihr beide nicht in aller Ruhe zu Mittag essen, bis Phoebe aufwacht?"

„Wir haben schon Mittagessen bestellt." Nick hob den Deckel von den Burgern, die er geordert hatte.

„Ihr esst Hamburger?" Seine Mutter schüttelte den Kopf. „Bei all dem Essen hier, bestellst du Hamburger."

Nick zuckte mit den Achseln und Ginnie war plötzlich sehr froh, dass sie ein BLT-Sandwich bestellt hatte, auch wenn sie nicht wusste, ob seine Mutter das interessanter finden würde.

„Setzt euch wenigstens auf die Terrasse." Seine Mutter winkte mit dem Arm in Richtung der Schiebetüren.

Ihre Blicke trafen sich und mit einem kurzen Nicken stimmten sie zu, zum Mittagessen nach draußen zu gehen. Nick folgte ihr mit den Tellern in der Hand. Zu ihrer Überraschung setzte er sich neben sie. Eigentlich hatte sie erwartet, dass er ihr an dem großen Tisch gegenübersitzen würde. „Ich komme gleich mit unseren Getränken wieder."

Ihr Blick blieb auf seinem Rücken haften, als er die Suite betrat. Dort hielt er einen Moment inne, um seine Mutter etwas zu fragen, schnappte sich dann die beiden Wasserflaschen und drehte um und kehrte lächelnd auf die Terrasse zurück.

Mittlerweile hatte sie eine ziemlich lange Liste von Dingen, die sie an Nick mochte. Rücksichtsvoll. Höflich. Liebt seine Familie. Guter Sinn für Humor. Ein gewinnendes Lächeln. Eine unglaubliche Stimme. Und tiefe Augen, in denen sie dahinschmelzen könnte, wenn sie es zuließe. Nur für eine Sekunde dachte sie darüber nach, wie sehr sie ihn vermissen würde, wenn die Kreuzfahrt vorbei war. Plötzlich erfüllte ein Schmerz die Stelle in ihrer Brust, wo noch vor wenigen Augenblicken ihr Herz fröhlich geschlagen und darauf gewartet hatte, dass er zu ihr kam.

Konnte es sein, dass sie sich genau wie ihre Schwestern auf einem Schiff in einen Fremden verliebt hatte?

„Hier bitte." Nick schraubte den Deckel ab, stellte die Flasche mit dem Glas, das er mitgebracht hatte, auf dem Tisch vor ihr ab und schenkte ihr ein noch strahlenderes Lächeln, bei dem sich ihre Zehen krümmten.

Ja. Genau das war passiert. Sie hatte sich Hals über Kopf in einen Mann verliebt, den sie in ein paar Tagen vielleicht nie wieder sehen würde. Jetzt schmerzte ihr Herz wirklich.

Nick musste seine ganze Selbstbeherrschung aufbringen, um nicht den Drink abzustellen, sich vorzubeugen und ihr einen Kuss zu geben. Keinen leidenschaftlichen *ich-möchte-dich-auf-dem-Tisch-*

*nehmen*-Kuss, sondern ein süßes, einfühlsames Aufeinanderlegen von Lippen, um ihr zu zeigen, wie viel sie ihm mittlerweile bedeutete. Und wie viel war das? Er bewunderte so viele Dinge an ihr. Die Art, wie sie einfach einsprang, um zu helfen. Ihren eigenen Spaß für Leute opferte, die sie kaum kannte. Über seine dummen Witze lächelte. Über dieselben Dinge lachte wie er. Und die Art, wie sie beim Gehen ihre Hüften wiegte, könnte einen Blinden hypnotisieren. Aber am meisten liebte er, dass sie über alles reden konnten, ob für kurze fünf Minuten oder ganze Stunden. Nicht, dass sie so viele Gelegenheiten gehabt hätten, länger als bei einem Abendessen zu plaudern, aber er hatte jedes Wort genossen, das sie gesagt hatte. Egal, wie man es drehte und wendete, er liebte es, in Ginnies Nähe zu sein. Alles war einfach besser, wenn sie dabei war.

Mit ihr war alles besser. Die Worte spielten in seinem Kopf herum. Konnte es das sein? Fühlte es sich so an, verliebt zu sein?

Ginnie wischte sich einen Hauch Mayo aus dem Mundwinkel und lächelte verlegen. Ihre Wangen nahmen einen schönen Rosaton an und ihre dunkelbraunen Augen funkelten mit einer Mischung aus Humor und Verlegenheit. Sein Herz machte einen Satz und er konnte hören, wie es ihn anschrie: *Du bist verliebt, du Idiot.* Bis über beide Ohren verliebt.

Wie war das überhaupt möglich? Brauchten die Leute nicht Zeit – viel Zeit – um zu wissen, ob jemand der Richtige war?

Ginnie schluckte, neigte den Kopf und ihr Lächeln wurde weicher. „Magst du dein Mittagessen nicht?"

„Hmm?" Er richtete seine Aufmerksamkeit auf seinen unberührten Hamburger. „Oh nein. Ich habe nur nachgedacht."

„Über?" Sie beugte sich vor und nahm einen weiteren Bissen.

Sogar die Art, wie sie aß, war süß. Ach, verdammt. Wenn es so etwas wie Liebe auf den ersten Blick gab, dann war es das. Er war in Miss Ginnie Ummarino verliebt. Was eine Frage offen ließ: Was zum Teufel sollte er diesbezüglich unternehmen? „Willst du mit mir tanzen?"

„Wie bitte?" Sie starrte ihn an, als ob ihm ein drittes Auge gewachsen wäre, oder schlimmer noch, Hörner.

„Ich meine heute Abend. Wenn die Kinder im Bett sind. Wollen wir tanzen gehen?"

Ihr sanftes Lächeln wurde noch breiter. „Das würde mir gefallen."

„Gehen wir noch zur Schnitzeljagd?" Jake steckte seinen Kopf aus der Tür.

„Ja." Nick drehte sein Handgelenk und sah auf seine Uhr. „Aber es geht erst los, wenn Phoebe von ihrem Nickerchen aufwacht."

„Okay." Jake rannte wieder hinein und kurz darauf hörte Nick Rachel rufen: „Wenn wir Phoebe wecken, können wir gehen."

Wie ein geölter Blitz sprang Nick aus seinem Sitz auf. „Nein!"

Ginnie kicherte und kam hinter ihm hergerannt. „Wir müssen auf den richtigen Zeitpunkt warten, und der ist nicht jetzt."

Drei Gesichter verzogen sich vor Enttäuschung, aber Monica zog ihr Lieblingshäschen näher an ihre Brust und runzelte die Stirn. Nick hatte seine Zweifel, ob sie ihnen glaubte, aber es sah so aus, als würde sie ihren Rat für bare Münze nehmen.

Nichts davon war wichtig, denn nach etwa zehn Minuten regte sich Phoebe, als hätte sie jedes Wort des Gesprächs drinnen gehört.

„Willst du sie holen oder soll ich?"

„Ich mache es. Du musstest in diesem Urlaub

bereits mehr als genug Windeln wechseln.“

„Mir macht das nichts aus.“ Ginnie hatte wirklich ein wunderbares Lächeln, besonders wenn es ihre Augen zum Leuchten brachte.

„Nächstes Mal.“

„Oh.“ Seine Mutter schnippte mit den Fingern. „Das hätte ich fast vergessen. Ich habe einen Anruf von deiner Schwester bekommen. Das Wetter auf der Insel klart endlich auf. Sie haben für morgen einen Flug bekommen, sodass sie im nächsten Hafen wieder an Bord gehen können. Sie sagte außerdem, dass die Kreuzfahrtgesellschaft uns allen die Kosten der Kreuzfahrt erstattet *und* dass wir außerdem eine kostenlose Kreuzfahrt bekommen.“

„Wow, zwei zum Preis von einer. So viele Passagiere zurückzulassen, muss ein gewaltiges Fiasko sein.“ Nick wünschte, er könnte das gleiche Angebot für Ginnie bekommen; immerhin hatte sie ihren Urlaub fast gänzlich aufgegeben, um ihm dabei zu helfen, nicht von den Kindern überrannt zu werden.

Es gab noch eine weitere lustige Sache, die er bezüglich dieser Reise eingestehen musste: Phoebe war schon immer süß gewesen, aber jedes Mal, wenn sie von ihrem Nickerchen aufwachte und sich in seine Arme rollte und ihren Kopf an seine Schulter legte, hätte er dahinschmelzen können. Er hatte schon einige Umarmungen bekommen, aber noch nie hatte sie sich an ihn gekuschelt wie nach dem Mittagsschlaf.

Als alle Kinder versammelt waren, machten sie sich auf den Weg zur Betreuung für die Kleinkinder, aber Phoebe weigerte sich, den Hals ihres Onkels loszulassen. „Willst du nicht mit deinen Freunden spielen?“, fragte er.

Sie legte ihren Kopf auf seine Schulter und er hatte seine Antwort.

„Ich schätze, das ist ein Nein.“

„Willst du mit mir mitkommen?" Ginnie wedelte mit den Fingern vor Phoebe herum und mit einem breiten Grinsen warf sich das Kleinkind in Ginnies Arme. „Ich schätze, das ist ein Ja. Das ist eine Familienveranstaltung, also kann sie auch mitmachen."

„Ich hätte den Kinderwagen mitbringen sollen."

„Nein." Ginnie schüttelte den Kopf. „Die Leute würden nur darüber stolpern. Niemand sieht jemals nach unten."

„Vermutlich."

„Vertrau mir." Sie kicherte. „Meine Schwester Jo ist immer in Eile, und sie schaut nie nach unten. Auf unseren Kreuzfahrten stolperte sie ständig über Kinderwagen oder stieß gegen motorisierte Rollstühle. Phoebe zu tragen, wird auf lange Sicht einfacher sein."

„Ja, Ma'am." Er salutierte fast.

Als sie den Bereich für den Start der Schnitzeljagd erreichten, war er nicht überrascht von der Menschenmenge, die sich um die zentrale Lobby versammelt hatte. Derselbe Mann, der das Poolrennen geleitet hatte, erklärte, wie die Foto-Schnitzeljagd funktionierte. Sie wurden angewiesen, Fotos gemäß den Anweisungen auf der Liste zu machen, die sie bekommen hatten. Das erste war ein Familienfoto neben der Königin.

„Ich weiß, wo das ist!" Jake schnappte sich die Hand seines Bruders und rannte geradewegs los.

Ohne ein Wort folgten ihm die Mädchen schnell, während Nick und Ginnie sich abmühten, mitzuhalten. Den Flur entlang, über das Deck. Auf dem Weg die Treppe hinunter nahm Jake immer zwei Stufen auf einmal.

Alle Kinder sprangen die letzten Stufen aufs nächste Deck hinab, wo Jake vor einem Foto stehen blieb. „Da ist sie. Die Königin. Mom hat sie uns am ersten Tag der Kreuzfahrt gezeigt."

Ja, tatsächlich. Ein Porträt der Königin der Niederlande hing hervorstechend neben Jake an der Wand. Die nächste Schwierigkeit war, ein Selfie mit allen sieben zu machen. Sobald ihnen das gelungen war, rannten die Kinder los, um nach dem nächsten Hinweis zu suchen.

Ginnie hob Phoebe auf ihre andere Hüfte und sah kichernd zu Nick auf. „Deine Schwester muss in Topform sein, denn ich glaube, ich habe gerade den perfekten Abnehmplan gefunden. Kinder bei einer Schnitzeljagd verfolgen."

„Du musst nicht abnehmen."

„Und du, mein lieber Freund, wärst ein ausgezeichneter Diplomat."

Er lächelte sie an, aber das Wort Freund gefiel ihm nicht. Diesbezüglich würde er etwas unternehmen müssen. Und zwar bald.

# KAPITEL VIERZEHN

Ginnie starrte in ihren Kleiderschrank und fragte sich, was zum Teufel sie anziehen sollte. Es war ja kein richtiges Date … oder doch? Nein, Nick wollte wahrscheinlich einfach nur ein bisschen Zeit für sich allein ohne Kinder. Sie sollte keine große Sache daraus machen. Trotzdem wollte sie gut aussehen. Aber nicht zu gut. Sie wollte ihn schließlich nicht verschrecken.

Als Ginnie Nicks Suite verlassen hatte, waren alle Kinder außer Jake eingeschlafen, bevor das Wort *Schlafenszeit* überhaupt ausgesprochen worden war. Die Mädchen hatten auf dem Boden gemalt und waren gleich dort eingeschlafen, und der jüngere Junge war auf dem Sofa neben Nicks Mutter eingeschlafen, während diese ihm eine Geschichte vorlas. Der ältere Junge half seinem Bruder ins Bett, während Nick die Mädchen in ihre Betten trug. Ginnie hatte ihm geholfen, die Mädchen auszuziehen und in ihre Pyjamas zu stecken. Das Überraschende war, dass keines der Mädchen auch nur mit der Wimper gezuckt hatte. Wer hätte gedacht, dass eine Foto-Schnitzeljagd Kinder so erschöpfen könnte?

Aber wenn sie ehrlich war, ins Bett zu kriechen und sehr lange zu schlafen, war sehr verlockend, nur nicht annähernd so verlockend wie Zeit allein mit Nick zu verbringen. Nun ja, allein mit ein paar tausend anderen Menschen.

Sie wollte sich ein wenig schick machen, aber trotzdem lässig aussehen, also entschied sie sich für ein königsblaues Sommerkleid, das zu ihrem mediterranen Teint passte, und als Glücksbringer legte sie ihre Perlen an. Sie war kaum in ihre Slingback-Sandalen geschlüpft, als es an ihrer Tür klopfte. Ihr Herz fing sofort an zu pochen. Als sie die Tür aufriss, stand Nick in einem ordentlich gebügelten Button-Down-Hemd mit halb hochgekrempelten Ärmeln auf der anderen Seite. Verdammt, sah dieser Mann heiß aus. „Hi."

„Hi." Die Art, wie seine Augen funkelten, als er lächelte, unterstrich nur, wie gutaussehend er war. Das Hemd tat auch nicht weh. „Bereit zu gehen?"

Sie nickte, trat in den Flur und zog die Tür hinter sich zu. „Bereit."

Auf halbem Weg den Flur entlang streckte er den Arm aus und nahm ihre Hand in seine. „hast du etwas dagegen?"

Kopfschüttelnd lächelte sie ihn an. „Überhaupt nicht."

Sein Lächeln wurde breiter und sie erlaubte sich zu hoffen, dass sich diese Sache zwischen ihnen vielleicht, nur vielleicht, von selbst klären würde.

Das Schiff bot mehrere Möglichkeiten für abendliche Unterhaltung. Sänger und Musikgruppen von einer Ein-Mann-Band bis zu klassischen Harfenisten und beliebten Trios spielten überall auf dem Schiff. Aber Nick hatte eine besondere Lounge gewählt. Sie war kleiner als andere und hatte eine Fensterwand, durch die man aufs Meer blicken konnte. Heute Abend warf der Mond einen Lichtstrahl, der auf dem Wasser schimmerte. Auf der gegenüberliegenden Seite herrschte an einer kleinen Bar mit wenigen Sitzplätzen reges Treiben. Viele der Tische und Stühle um die kleine Tanzfläche herum waren bereits besetzt, aber es waren auch noch einige frei. Am Klavier spielte ein junger Mann Melodien, bei denen die Leute mit den Füßen wippten und gelegentlich mitsangen. Zwischen den Sets lief Lautsprechermusik über den Köpfen. Alles perfekt zum Tanzen geeignet.

Ginnie saß neben dem Klavier an der Tanzfläche und spielte mit ihrem Marvelous Mango.

„Wählst du immer so fruchtige Getränke?", fragte Nick.

„Nicht wirklich. Zu Hause greife ich lieber zu einem guten Glas Chianti, aber auf den Schiffen mixen sie immer so lustige Getränke. Auf jeder Kreuzfahrt finde ich eines, das mir schmeckt, und bei dem bleibe ich dann. Auch wenn das hier überhaupt nicht nach Mango schmeckt, ist es trotzdem verdammt lecker."

„Ich werde versuchen, mir das zu merken."

„Du bist ein wirklich guter Onkel."

„Danke, ich versuche es. Besonders seit Chuck gestorben ist. Es war so schlimm, meine Schwester durch die Hölle gehen zu sehen."

„Ich kann mir das nicht einmal annähernd vorstellen." Sie kannte Nick kaum und trotzdem wusste sie bereits, dass sie mehr als untröstlich sein würde, wenn ihm etwas zustoßen würde. Die düstere Stimmung verflog, als der Klavierspieler einen ihrer Lieblingssongs von Bill Withers anstimmte und ihre Zehen anfingen, im Takt des eingängigen Beats zu wippen. „Oh, ich liebe Bill Withers. So ein vielseitiger Sänger, und das ist einer meiner Lieblingssongs von ihm."

„Sollen wir?" Nick erhob sich und streckte ihr die Hand entgegen.

Ohne ein Wort stand sie auf, nahm seine Hand und folgte ihm auf die Tanzfläche. Der süße Beat rechtfertigte es, dass er sie in seine Arme schlang und sie sanft wiegte, während sie sich über die Tanzfläche bewegten.

„Scheint, als würdest du genauso gut tanzen wie

singen." Ginnie hob ihre Augen, um ihn anzublicken.

„Das liegt an dir."

Das ließ sie leise lachen. „Meine Mutter wird erfreut sein zu hören, dass sich all die Jahre Tanzunterricht gelohnt haben."

Sie blieben für die nächsten paar Lieder auf der Tanzfläche, bis der Klavierspieler verkündete, dass er eine Pause machen würde, woraufhin sie zu ihren Plätzen zurückkehrten.

„Hast du wirklich Tanzunterricht genommen?"

Ginnie nickte. „Ab dem Alter von vier Jahren habe ich alles mitgenommen, von Ballett, Jazz- und Stepptanz bis hin zu Gesellschaftstanz für den Ball in der Mittelstufe."

„Ich schätze, jeder macht das für den Ball. Meine Mutter hat mich bedroht und bestochen, damit ich hingehe."

„Nach dem, was ich auf der Tanzfläche gesehen habe, hat es sich gelohnt."

Er schüttelte den Kopf. „Nein, meine Großmutter hat mir das Tanzen beigebracht. Mein Großvater hat mir die hohe Kunst des Führens erklärt, aber es war Grandma, die mich bei jedem Familientreffen ins Wohnzimmer gezerrt und dafür gesorgt hat, dass ich genug gelernt habe, um niemandem auf die Füße zu treten."

„Ich glaube, ich hätte sie gemocht."

„Vielleicht kannst du sie eines Tages kennenlernen. Sie ist neunundachtzig und temperamentvoll wie eh und je."

„Oh, das finde ich toll!" Ein dumpfer Schlag hinter ihrem Stuhl erschreckte sie und ließ sie über die Schulter blicken.

„Verzeihung", entschuldigte sich der Mann, den sie an jenem ersten Abend beim Karaoke bemerkt hatte, während er zur Bar schwankte.

„Irgendwas sagt mir, dass es nicht das Schaukeln des Schiffes ist, das ihn mit dem Boot schwanken lässt." Ginnie konnte nicht anders, als sich zu fragen, was mit diesem Kerl los war. Wenn etwas die Stimmung eines Menschen heben konnte, dann war es eine Kreuzfahrt, und doch blies dieser Mann Trübsal. Sie hatte neulich Nacht Mitleid mit ihm gehabt und nichts hatte sich geändert.

„Ich schätze, er hat niemanden gefunden, der ihm half, sein gebrochenes Herz zu heilen." Nick sah zu, wie der Kerl auf einen Barhocker rutschte. „Zu schade."

„Ja." Wie es kam, dass sie das Glück hatte, über Nick gestolpert zu sein und dieser arme Mann nur den Drink vor sich hatte, wusste sie nicht, aber sie war noch nie in ihrem Leben dankbarer gewesen.

Nick konnte nicht glauben, dass er einen legitimen Grund hatte, Ginnie in den Armen zu halten. Als der Klavierspieler seine Pause machte und sie zu ihren Plätzen zurückgingen, betete er, dass die Lautsprechermusik ihm einen Grund geben würde, sie wieder auf die Tanzfläche zu bringen.

Nicht einmal sein Mitleid mit dem armen Kerl, der seinen Kummer an der Bar ertränkte, konnte ihm das Gefühl nehmen, das er hier bei Ginnie empfand. Irgendwann in den letzten Tagen hatte er erfahren, dass sie nur etwa fünfundvierzig Minuten voneinander entfernt wohnten. Nicht ganz um die Ecke, aber immerhin besser als quer durchs Land. Er hoffte nur, dass ihre Annahme seiner Einladung und ihre Bereitschaft, sich von ihm an die Hand nehmen zu lassen, als sie zur Lounge gingen, auch bedeuteten, dass sie offen dafür wäre, sich mit ihm zu treffen, wenn sie wieder zu Hause waren.

Über ihm hörte er eine weitere Melodie von Bill Withers. „Bereit für eine weitere Runde auf der Tanzfläche?“

„Auf jeden Fall.“

Als der Mann *Just the two of us* sang, wirbelte Nick sie herum und zog sie eng in seine Arme. Er konnte nicht anders, als sie so nah an sich gedrückt zu halten. Er wurde langsamer und ihre Blicke trafen sich. Fast konnte er ihren Herzschlag spüren. Es gab kein Halten mehr. Er konnte seine Gefühle nicht kontrollieren. Er zog sie noch näher an sich heran, beugte sich vor, nahm schnell alles wahr, was sich in ihren Augen widerspiegelte, schloss die Lücke und presste seine Lippen auf ihre.

Seine Arme schlossen sich fester um ihre Taille, und als ihre Finger anfingen, kleine Kreise in seinem Nacken zu zeichnen, glaubte er, die Kontrolle zu verlieren. Sie schmeckte noch besser, als er es sich vorgestellt hatte.

Der Beat des nächsten Liedes ertönte laut, klar und schnell über die Lautsprecheranlage. Bedauernd lehnte er sich zurück und wirbelte sie noch einmal herum, bevor er sie von der Tanzfläche wegzog. An der Bar hielt er immer noch ihre Hand, um die Verbindung nicht zu verlieren, und bestellte zwei Gläser Wasser. Er reichte ihr eines und nahm das andere in seine freie Hand. „Ich würde es für dich zurücktragen, aber ich möchte deine Hand egoistischerweise nicht loslassen.“ Hatte er das tatsächlich laut gesagt?

Ihr Lächeln erblühte. „Ich halte gern deine Hand.“ Ein tiefer Rosaton versengte ihre Wangen. „Ich küsse dich auch gern.“

Er zog sie so nah an sich, dass er ihren Atem an seinem Hals spüren konnte, und küsste sie sanft auf die

Lippen, bevor er sich zurückzog. „Wir müssen einen Weg finden, das öfter zu machen."

„Das klingt gut."

Er verschränkte seine Finger mit ihren und lächelte sie an. „Wie wär's mit einem Spaziergang an Deck?"

„Wenn du meine Hand nicht loslässt."

„Nie im Leben." Er zwang sich, eine Hand vom ihr zu nehmen, hielt aber ihre andere fest in seiner, während er sie aus der Lounge dirigierte. Auf halbem Weg den Flur hinunter zu den Aufzügen summte sein Handy. „Das ist komisch."

Er sah auf seinen Bildschirm und runzelte die Stirn.

„Stimmt etwas nicht?"

„Es ist meine Mutter." Er tippte auf seinen Bildschirm und nahm den Anruf entgegen. „Hey, was ist los?"

„Monica ist aufgewacht. Sie kann Bunny nicht finden. Sie ist völlig außer sich. Ich habe sie noch nie so untröstlich gesehen. Wo hast du ihn hingelegt?"

„Ich? Ich habe ihn nirgendwo hingelegt. Sie trägt ihn immer mit sich herum, als wäre er wertvoller als Gold." Er sah zu Ginnie. „Weißt du, wo Monica Bunny hingelegt hat?"

Ginnies Blick wanderte eine Sekunde lang gen Himmel, während sie den Kopf schüttelte. „Soweit ich mich erinnere, habe ich sie das letzte Mal mit ihm auf der Schnitzeljagd gesehen, und wo ich jetzt darüber nachdenke, kann ich mich nicht erinnern, dass sie ihn bei sich hatte, als wir in die Suite zurückgingen."

„Verdammt." Er wandte seine Aufmerksamkeit wieder dem Telefon zu. „Mom, wir glauben, sie hat ihn vielleicht während der Schnitzeljagd verloren. Es war ein bisschen chaotisch mit all den Teilnehmern und den verrückten Fotoshootings."

„Ich hasse es, das zu fragen …"

„Ich weiß. Wir werden sehen, was wir tun können."

„Gott segne dich. Hab dich lieb. Und danke Ginnie von mir."

Er legte auf und steckte das Telefon zurück in seine Tasche. „Ich hatte mich daran gewöhnt, dass niemand anruft. Ich hatte etwas Unangenehmes erwartet, aber das hier könnte schlimmer sein."

„Lass uns mit dem Fundbüro beginnen."

„Gute Idee. Und wenn das nicht klappt, lassen wir den Tag noch einmal revuepassieren."

„Wir werden ihn finden." Ginnie drückte seine Hand, und er konnte nicht anders.

Er beugte sich vor und stahl sich einen weiteren schnellen Kuss. „Daran könnte sich ein Kerl gewöhnen."

Ihr Lächeln wurde breiter. „Lass uns Bunny suchen."

# KAPITEL FÜNFZEHN

Das Fundbüro war ein Reinfall. Das Schiff hatte eine Sammlung von Stofftieren, die gereicht hätte, um einen Spielzeugladen an Bord zu eröffnen, aber nicht Bunny. Wenn das arme Kind nicht gewesen wäre und sie nicht gewusst hätten, wie viel ihr das Kaninchen bedeutete, wäre der Abend perfekt gewesen.

„Wir beginnen am Ende der Schnitzeljagd. Das war das Crewmitglied aus Costa Rica." Nick wandte seinen Blick vom Empfangsschalter ab und deutete den Flur hinunter. „Wir haben ihn im Buffetsaal gefunden. Versuchen wir es zuerst dort."

„Ergibt Sinn."

Immer noch händchenhaltend, zerbrach sich Ginnie den Kopf, um sich zu erinnern, wann sie Monica das letzte Mal mit ihrem Lieblingsstoftier in der Hand gesehen hatte. Sie verließen die Aufzugsreihen und liefen quer über das Schiffsdeck. Der Wind wehte sanft, der Mond schien hell, es war die perfekte Kulisse für einen romantischen Spaziergang unter den Sternen, nur dass sie eine Mission hatten. Eine wichtige Mission.

Auf halbem Weg sah sie den Mann mit dem gebrochenen Herzen auf einer Liege sitzen und aufs Meer hinausstarren. Frische Luft war immer ein gutes Mittel, um wieder nüchtern zu werden. Ginnie verlangsamte ihre Schritte. „Guten Abend."

Zuerst schien der Kerl sie gar nicht zu hören, dann hob er den Blick und der Schmerz in seinen Augen ließ sie fast nach Luft schnappen. Hatte sie jemals so viel Traurigkeit gesehen? „Abend." Er räusperte sich. „Sie sind die Frau, die ich vorhin angerempelt habe. Tut mir leid."

„Kein Problem." Sie lächelte und dachte, dass sie ihn vielleicht aufmuntern könnte. „Ich bin auf diesem Schiff schon gegen alle möglichen Dinge gestoßen."

Er nickte und richtete seinen Blick wieder auf das Meer. Das Gespräch war beendet. Etwas nagte an ihr, aber sie war keine Psychologin. Was auch immer diesen Mann kaputt gemacht hatte, würde nicht dadurch wieder in Ordnung gebracht werden, dass sie ein Gespräch erzwang. Sie drückte Nicks Hand und ging mit einem knappen Nicken weiter.

„Ich weiß, dass du helfen willst, aber manchmal muss ein Mann einfach allein sein."

„Das sagt mein Vater auch. Besonders mitten in einem Footballspiel, wenn Mamma beschließt, dass sie über das Sonntagsmenü plaudern möchte."

Nick kicherte. „Ich glaube, ich erinnere mich an ähnliche Gespräche mit meiner Mutter und meinem Vater, nur dass Dad versuchte, Hockey zu schauen, und Mom dachte, das wäre ein guter Zeitpunkt, um über einen bevorstehenden Urlaub oder eine Hochzeit zu sprechen."

„Ich schätze, in der Ehe ist es im Großen und Ganzen überall gleich." Obwohl sie das von ihren Schwestern nicht behaupten konnte. Diese beiden schienen eine verrückte Verbindung zu ihren Ehemännern zu haben. Oder vielleicht waren sie einfach noch in der Flitterwochenphase ihres Lebens – vielleicht würden Football- und Hockeyspiele in ein paar Jahren wichtiger werden, aber irgendwie konnte sie es nicht sehen. Trotzdem wünschte sie sich, dass sie, umgeben von so vielen glücklichen Paaren, etwas Brillantes hätte sagen können, um dem Mann ein besseres Gefühl zu geben.

„Er wird klarkommen."

Sie legte den Kopf schief und sah Nick an. „Woher wusstest du, dass ich immer noch an den Typen von gerade denke?"

„Du presst deine Lippen zu einer dünnen Linie zusammen, wenn du grübelst, und ich war mir ziemlich sicher, dass du nicht an das Wetter denkst."

„Ich wusste nicht, dass ich so berechenbar bin."

Er zuckte mit den Achseln. „Du bist überhaupt nicht berechenbar. Schließlich bist du eine Frau."

Ginnie kicherte und gab ihm einem leichten Schlag auf den Arm. Nick hatte recht – Männer waren schlecht darin, Frauen zu verstehen. Allerdings schien Nick eine Ausnahme zu sein. Genau wie ihre Schwäger. „Dort drüben haben wir den Mitarbeiter aus Costa Rica gesehen. Ich hoffe wirklich, dass der Hase irgendwo in der Nähe ist." Sie zog ihn praktisch hinter sich her, ließ dann Nicks Hand los und begann, unter den Tischen, auf den Stuhllehnen und in den Ecken zu suchen. „Verdammt. Siehst du etwas?"

Nick, der mehrere Meter von ihr entfernt dasselbe tat, hob den Kopf. „Nichts."

Sie kramten herum, erweiterten den Suchbereich und seufzten dann.

Ginnie stemmte die Hände in die Hüften. „Hey, auf dem Weg zu diesem letzten Stopp sind die Kinder um die Liegestühle herumgerannt."

„Das stimmt." Nick schnippte mit den Fingern. „Sie haben eine Art Fangspiel gespielt. Vielleicht hat sie ihn da fallen lassen?"

Sie eilte in besagte Richtung, Nick nur ein paar Schritte hinter ihr. Als sie den ersten Stuhl erreichte, beugte sie sich vor und versuchte, unter die Liege zu sehen. Das Mondlicht reichte nicht aus, um etwas zu erkennen. Wenn sie ihr Telefon bei sich hätte, könnte sie die Taschenlampen-App verwenden. Aber da die einzige Person, die versuchen würde, sie anzurufen, ihre Mutter war, hatte sie es in der Kabine gelassen. Sie war nicht in der Stimmung für ein Gespräch, das sich nur um jede Einzelheit ihrer Reise drehte. Besonders, da sie im Moment nicht so recht wusste, was sie über ihre Beziehung zu Nick sagen sollte. *Beziehung.* Als sie die aufgereihten Liegen hinunterblickte, wo Nick die Stühle umdrehte, um das Lieblingshäschen seiner Nichte zu finden, zauberte ihr der Anblick ein Lächeln aufs Gesicht. Vor dem heutigen Tag hätte sie höchstwahrscheinlich gesagt, dass ihr Schwärmen für Nick nicht auf Gegenseitigkeit beruhte. Jetzt war sie sich ziemlich sicher, dass da etwas zwischen ihnen war, und sie hoffte, dass es nicht enden würde, wenn sie in ihrem Heimathafen anlegten, denn sonst wäre sie genauso unglücklich wie der Mann mit dem gebrochenen Herz.

Sie drehte sich wieder um und ging zum nächsten Stuhl. Nichts. Wo zum Teufel hatte Phoebe das verdammte Häschen fallen lassen? Mit einem Seufzer richtete sie sich auf und sah sich um. Ihr Blick fiel auf das Geländer auf der anderen Seite des Decks. Sie blinzelte, kniff die Augen zusammen und konzentrierte sich. Was? „Oh mein Gott."

Nick stockte das Herz, als er Ginnies panische Stimme hörte. Als er sah, wie sie über das Deck zur anderen Seite des Pools raste und dabei praktisch über die Liegestühle und alles andere in ihrem Weg sprang, stellten sich ihm die Nackenhaare auf.

*Was zur Hölle?* Ohne einen Moment zu zögern, rannte er ihr hinterher und sah endlich, was sie gesehen hatte. Jemand saß rittlings auf der Reling auf der anderen Seite des Schiffes.

„Hallo nochmal", schallte Ginnies sanfte Stimme durch die Luft, während sie langsamer wurde.

„Bleiben Sie weg!"

Nick erkannte die Stimme. Es war der Mann, den sie vor kurzem auf einem der Liegestühle gesehen hatten. Der Mann mit dem gebrochenen Herz.

„Okay." Ginnie hob beide Hände. „Ich bewege mich nicht, aber das ist ein ziemlich gefährlicher Ort, um die Sterne zu beobachten."

Was zum Teufel tat sie da? Nick sah sich nach allen Seiten um, in der Hoffnung, ein Crewmitglied zu sehen. Nichts. Sie waren nur zu dritt hier draußen. Ein Schiff so groß wie eine Kleinstadt und sie waren die einzigen drei Personen an Deck. Wahnsinn.

„Genau darum geht es", fauchte der Mann.

„Es ist ein wirklich schöner Abend." Sie hob das Kinn, aber ihr Blick war auf den Mann gerichtet, während sie sich ihm langsam näherte.

Nick musste den Instinkt unterdrücken, Ginnie anzuschreien, sie solle zurückbleiben. Das sollten Profis machen. Nicht, dass er nicht wollte, dass sie half, aber er hatte schreckliche Angst, dass der Mann Ginnie mitreißen könnte, wenn sie ihm zu nahe kam und er wirklich sprang.

„Von den Liegen hier hinten ist die Aussicht besser." Sie kam ihm noch ein wenig näher.

Der Mann starrte auf den schwarzen Ozean hinaus und schien nicht zu bemerken, dass Ginnie sich ihm näherte. „Das sollten die perfekten Flitterwochen werden. Janice wollte schon immer eine Kreuzfahrt machen. In der Sonne liegen. Strände besuchen."

„Klingt wunderbar." Ihr Blick blieb auf den Mann gerichtet.

Im selben langsamen Tempo wie Ginnie schob sich Nick näher an sie heran.

„Ich habe jeden Abend Champagner in meiner Kabine. Und Erdbeeren mit Schokoladenüberzug. Janice liebt Erdbeeren mit Schokoladenüberzug."

„Ich auch", sagte Ginnie ganz leise.

Der Mann hob den Blick und drehte sich zu ihr um, dann sah er über ihre Schulter zu Nick. „Kommen Sie nicht näher."

Nick erstarrte.

Ginnie hob erneut ihre Hände. „Wenn Sie nicht wollen, dass ich näherkomme, können Sie dann wieder herunterkommen, damit wir weiterreden können?"

„Mehr gibt es nicht zu sagen. Janice hat die Hochzeit achtundvierzig Stunden vorher spontan abgesagt. Gerade ist sie mit Tommy Hamilton, dem Dritten, in Vegas. Seinem Vater gehört die größte Bank in Melville. Und auch das Cadillac-Autohaus. Er sollte mein Trauzeuge sein. Stattdessen hat er jetzt das beste Mädchen auf der Welt bekommen."

„Das glaube ich nicht." Ginnie schlich näher heran. Nick wollte sie unbedingt packen und zurückziehen, aber er war noch zu weit weg, um sie zu erreichen. Um sie zu beschützen.

„Natürlich hat er das", fauchte der Mann erneut und warf nun auch sein anderes Bein über die Reling.

*Wo zum Teufel ist die Crew?* Nick wagte es, seinen Blick von Ginnie abzuwenden und sich noch einmal umzusehen. Hatte ein Schiff wie dieses nicht überall Kameras? Nick krempelte seine Ärmel hoch und wagte einen weiteren Schritt. Er musste nah genug herankommen, um sie notfalls packen zu können.

„Nein." Ginnie erreichte das Geländer. „Das beste Mädchen würde hier ihre Flitterwochen mit Ihnen verbringen. Sie verdient Sie nicht."

„Woher wollen Sie das wissen?"

Sie wagte es, ihre Hände auf das Geländer zu legen. „Weil gute Frauen zwei Tage vor ihrer Hochzeit nicht mit einem anderen Mann durchbrennen. Wenn ich heiraten würde, würde ich bei der Hochzeit auftauchen."

Der Mann schüttelte den Kopf und beugte sich vor.

„Nein." Ginnie schrie und kletterte auf das Geländer.

„Ginnie, nein!" Nick kam vorsichtig näher. Es würde nicht viel brauchen, um Nicks schlimmste Befürchtung wahrwerden zu lassen. Wenn er jetzt zu hektisch war, könnte der andere Kerl springen und Ginnie mit sich reißen.

Statt zu antworten, hob Ginnie ihre Hand und rutschte nach links, so dass sie fast eine Armlänge von dem Mann entfernt war. „Wissen Sie, warum ich hier bin?"

Der Mann wandte seinen Blick wieder zu ihr. „Was? Nein."

„Die sechsjährige Nichte meines Freundes hat ihren Stoffhasen verloren. Sie ist tottraurig. Mein Freund und ich suchen hier nach dem Hasen. Er war das letzte, was ihr Vater ihr geschenkt hat. Sie vermisst ihren Daddy so sehr."

Für eine Sekunde wurde sein leerer, emotionsloser Gesichtsausdruck weicher. „Ich hoffe, Sie finden ihn für sie."

„Wenn Sie springen, wird jemand unglücklich sein. Jemand wird Sie vermissen, so wie Monica ihren Daddy vermisst."

„Da ist niemand."

„Ihre Mutter?" Ginnie rückte ein wenig näher.

Das schien ihn innehalten zu lassen.

„Wenn man meine Mutter als Beispiel nimmt", fuhr Ginnie fort, „sind wir für sie immer ihre Babys. Sie wird sich schuldig fühlen. Sich selbst die Schuld geben. Wollen Sie, dass sie sich Vorwürfe macht, weil Sie gesprungen sind?"

Seine Brust schien sich bei einem tiefen Seufzer zu heben. „Es ist nicht ihre Schuld."

„Sie wissen das, aber wird sie es auch wissen? Das bezweifle ich. Ich fühle mich jetzt schon schrecklich, weil ich nicht bemerkt habe, dass Monica ihr geliebtes Häschen verloren hat. Ihre Mutter wäre am Boden zerstört, wenn sie nicht bemerkt hätte, wie traurig Sie sind."

„Sie hat immer noch meine Schwester."

„Aber das ist nicht ihr kleiner Junge."

Er schien sich ein wenig zurückzulehnen. „Woher wissen Sie, dass ich jünger bin als meine Schwester?"

„Das ist egal. Eine Mutter sieht ihren erwachsenen Sohn immer als ihr Baby an. Meine Tante Antonia macht meinen Cousin Giovanni verrückt, wenn sie versucht, ihn zu verhätscheln."

„Mom verhätschelt uns gerne."

Für den Bruchteil einer Sekunde glaubte Nick, den Anflug eines Lächelns auf dem Gesicht des Mannes zu sehen. Er blickte sich um, aber es war immer noch kein Crewmitglied in Sicht. Er wusste nicht einmal, wie er um Hilfe rufen sollte. Ginnie schob sich näher an den Kerl heran und Nicks Magen machte einen Purzelbaum. *Bitte, Ginnie, tu das nicht.*

Mit ihrem rechten Arm gab sie Nick ein Zeichen, zu ihr nach rechts zu kommen. Sie musste nicht zweimal gestikulieren. Er ging nach rechts und kam so schnell er es wagte neben sie.

„Was halten Sie davon, wenn wir reingehen und Sie mir mehr über ihre Mutter erzählen?"

„Mom würde Sie mögen. Sagen Sie ihr, dass ich sie liebe und dass es nicht ihre Schuld ist."

„Sagen Sie es ihr selbst!", schrie Ginnie und verlor zum ersten Mal die Fassung.

„Nein." Er stand auf, nur eine Hand hielt ihn am Schiff fest. „Das hat keinen Sinn."

Blitzschnell warf sich Ginnie nach links, die Arme weit ausgebreitet. Nicks Arme schlangen sich um Ginnies Taille, während ihre Arme sich um den Oberkörper des Mannes wanden. Mit einem dumpfen Knall landeten alle drei wieder auf dem Deck. Nick war Gott nie dankbarer für seine schnellen Reflexe gewesen.

Als er da auf dem Rücken lag, die Arme immer noch fest um Ginnie geschlungen, flüsterte er: „Geht es dir gut?"

„Stell eine einfachere Frage", murmelte Ginnie.

Als das Deck unter ihm vibrierte, wurde das Geräusch donnernder Schritte lauter, während sich der Mann mit dem gebrochenen Herz von der Überraschung des Sturzes erholte und begann, sich von ihnen loszureißen.

„Lassen Sie mich los!", rief er. „Ich will sterben. Lassen Sie mich springen!"

In diesem Moment wurde Nick klar, dass mehrere Besatzungsmitglieder ihn gepackt hatten und ein Offizier in Weiß mit einer Zwangsjacke auf ihn zukam. Wer hätte gedacht, dass es auf Schiffen Zwangsjacken gab?

„Kann ich Ihnen aufhelfen?" Ein anderer Offizier streckte Ginnie die Hand entgegen.

Bevor sie sich bewegen konnte, verstärkte Nick seinen Griff um sie. „Nein, danke. Ich mache das."

Der Offizier sah stirnrunzelnd auf ihn herab. „Sind Sie sicher?"

„Ich bin mir sicher." Nick nickte und drehte sich um, sodass er und Ginnie auf der Seite lagen. „Ich muss dich nur noch eine Minute festhalten. Du hast mir eine Heidenangst eingejagt."

„Tut mir leid, aber ich musste etwas tun." Sie

schmiegte sich an seine Schulter. „Du kannst mich so lange festhalten, wie du willst.“

„Gut. Ich glaube nicht, dass ich dich jemals wieder loslassen möchte.“

# KAPITEL SECHZEHN

Ginnie hatte auf die Gelegenheit gewartet, das kleine Cocktailkleid zu tragen, das sie für den formellen Abend eingepackt hatte. Da die Hälfte der Passagiere zum ursprünglichen formellen Zeitplan nicht an Bord gewesen war, war der Abend verschoben worden, bis alle Passagiere aufs Schiff zurückgekehrt waren. Doch jetzt war sie sich nicht mehr so sicher, ob es das Richtige war, es zu tragen.

Sie liebte das Kleid immer noch, fühlte sich aber irgendwie noch entblößter als im Laden. Heute war der erste Abend, an dem alle, einschließlich Theresa und Alan, zum ersten Mal gemeinsam zusammen zu Abend aßen, und sie wollte nicht den falschen Eindruck erwecken. Sie manifestierte ihre innere kleine Schwester, schluckte schwer, schloss die Augen, zog den Reißverschluss des Kleides zu und betrachtete sich im Spiegel. Es passte ihr wirklich wie angegossen. Sie war kurz davor, sich umzuziehen, als es an der Tür klopfte.

Ohne daran zu denken, dass es jemand anderes als der Kabinensteward sein könnte, riss sie die Tür auf und stand einem gewissen Nick Maroney gegenüber, der in seinem Anzug noch attraktiver als je zuvor aussah. „Wow."

Ihre Hand flog zu ihrem Dekolleté. „Ich sollte mich umziehen."

Kopfschüttelnd ergriff Nick ihre Hand. „Bitte

nicht. Ich möchte, dass jeder Mann auf diesem Schiff eifersüchtig ist, weil ich das hübscheste Mädchen an Bord an meiner Seite habe."

Da sie wusste, dass ihre Wangen zumindest ein wenig rot wurden, drehte sie sich um und schnappte sich ihre Abendtasche, bevor sie sich Nick wieder zuwandte. „Ich schätze, wir sind bereit zum Abendessen."

„Einen Moment." Ohne den Blick von ihren Augen abzuwenden, strich er ihr eine lose Haarsträhne hinters Ohr und beugte sich dann vor, um ihr einen süßen, schnellen Kuss auf die Lippen zu geben. „Jetzt sind wir bereit."

Die Erwachsenen aus Nicks Familie saßen bereits am großen Tisch. Alle waren schick angezogen und sahen so elegant aus. Nicks Mutter war dank eines kleinen Knierollers, den man ihr gegeben hatte, viel mobiler. Die Kinder machten einen weiteren Filmabend mit Pizza an Deck und Phoebe war in der Kleinkindbetreuung. Als Ginnie und Nick sich niederließen und bestellten, drehte sich das Gespräch bereits um den gestrigen Abend.

„Ich hätte nie den Mut gehabt, das zu tun, was du getan hast." Jetzt, da sie wieder an Bord waren, hatten auch Nicks Schwester Theresa und ihr Mann Alan erfahren, was auf dem ganzen Schiff noch immer diskutiert wurde.

„Ich habe eigentlich nichts getan. Zumindest nichts, was nicht jeder andere getan hätte." Zu jenem Zeitpunkt hatte sie nur daran denken können, den Mann nicht springen zu lassen. Sie hatte nicht daran gedacht, in welche Gefahr sie sich selbst hätte bringen können.

Nick hob die Hände. „Ich war dort und mein erster Gedanke war, Hilfe zu holen, nicht, den Kerl niederzuringen."

„Nun", Ginnie zuckte mit den Schultern, „das war

auch nicht mein erster Gedanke gewesen. Ich hatte ehrlich gehofft, dass ich ihn, nach all den Dingen, die ich meinen Schwestern und meinem Cousin im Laufe der Jahre ausgeredet hatte, überzeugen könnte, weiterleben zu wollen."

„Verkauf dich nicht unter Wert", mischte sich Mrs. Maroney ein. „Als ich wegen meines Fußes zum Arzt ging, sagte er mir, dass du es nicht besser hättest machen können, selbst wenn du eine professionelle Verhandlungsführerin wärst. Als sie ihn in die Krankenstation brachten, erfuhr der Arzt, dass du ihn lange genug hingehalten hattest, indem du erwähnt hast, wie traurig seine Mutter sein würde. Der Arzt beschloss, ihn seine Mutter anrufen zu lassen. Nachdem er mit ihr gesprochen hatte, brach er in Tränen aus. Sobald er das Schiff verlässt, wird er zur Untersuchung ins Krankenhaus eingeliefert, aber der Arzt sagt, dass es Bill bereits besser geht."

„Bill", wiederholte Ginnie. „Komisch, ich habe nicht einmal daran gedacht, nach seinem Namen zu fragen."

„Vielleicht interessiert es dich auch, dass es in der Krankenstation eine wirklich nette Krankenschwester gibt, die Bill aufmuntert." Nicks Mutter lächelte schelmisch. „Schiffe können wirklich sehr romantisch sein. Vielleicht muss ich meinen Mann irgendwann mit auf eine Kreuzfahrt nehmen."

„Das solltest du", stimmte Ginnie zu. „Meine Mutter droht Dad ständig damit, ihn auf eine mitzunehmen, um ihr Eheversprechen zu erneuern."

„Oh, was für eine süße Idee." Theresa lächelte.

Ginnie lachte. „Dad scheint das nicht zu glauben. Zumindest noch nicht, aber ich bin sicher, Mamma wird ihn früher oder später davon überzeugen, dass eine Erneuerung des Eheversprechens auf einem Schiff eine *seiner* besten Ideen ist."

Jeder am Esstisch kicherte. Alle genossen ihre letzten Nächte an Bord.

Seit der Aufregung neulich hatte Ginnie so viel Zeit wie möglich mit Nick und seiner Familie verbracht. Von der Minute an, als Theresa und ihr Mann wieder an Bord gekommen waren, hatte Nicks Schwester viele Geschichten über ihren unglücklichen Landgang erzählt. Wieder einmal drehte sich das Gespräch um den Moment, als das Schiff den Anker hatte lichten müssen.

„Ich dachte wirklich, die Insel würde weggeweht werden. Die Wellen waren so hoch."

„Theresa, so hoch waren sie nicht."

Sie zuckte mit den Achseln. „Sie waren hoch genug. Es waren so viele von uns an Land, dass die Einheimischen ihre Türen für uns öffnen mussten."

„Oh, das ist meiner Schwester und ihrem Mann auch passiert, als sie die Abfahrt verpassten. Aber in ihrem Fall war es ihre eigene Schuld gewesen", sagte Ginnie.

„Wir hatten eine tolle Zeit mit einem netten Paar. Es war so viel besser als ein Hotel."

„Das ist eine Überraschung." Mrs. Maroney legte den Kopf schief. „Ich hätte lieber Zimmerservice."

„Das Haus war riesig und wir wohnten im Gästehaus. Wir hatten jeden Morgen von unserem Zimmer aus einen tollen Blick aufs Meer. Die Frau brachte uns Kaffee und Frühstück auf die Terrasse. Ich sage dir, es gibt keine bessere Art, die Flitterwochen zu verbringen."

„Das werde ich mir merken", neckte Nick seine Schwester.

„Hey, Grandma." Jake kam an den Tisch geeilt.

„Ich dachte, du wärst im Kino", entgegnete sein Vater.

„Das sind wir, aber Monica wird müde und hatte

Angst, dass sie Bunny wieder verlieren könnte, also habe ich ihr gesagt, dass ich dich suchen werde. Kannst du ihn sicher für sie verstauen?"

„Natürlich kann ich das." Nicks Mutter strahlte ihren jüngsten Enkel an. Soweit Ginnie gehört hatte, waren die Jungs etwas zurückhaltend gewesen, Theresa Mom oder Mrs. Maroney Grandma zu nennen, aber auf diesem Schiff schienen sie ein neues Leben begonnen zu haben, und Mom und Grandma gingen ihm und Jeff leicht über die Lippen.

„Wir wollen Bunny nicht wieder verlieren", fügte Theresa hinzu.

„Ich kann immer noch nicht glauben, dass ihr nach all dem immer noch auf die Jagd nach Bunny gegangen seid." Mrs. Maroney schüttelte den Kopf. „Ich wüsste nicht, wie wir die nächsten zwanzig Jahre ohne dieses Kaninchen überstehen sollen."

„So schwer war das nicht." Ginnie zuckte mit den Achseln. „Wir gingen an der Softeisdiele vorbei und sahen Bunny immer noch auf der Tischplatte sitzen, wo Monica ihn abgelegt hatte."

„Wir hatten tatsächlich vergessen, dass wir nach der Jagd angehalten hatten, um Eis zu essen." Nick nahm Ginnies Hand.

„Die Mitarbeiter sagten, sie hätten ihn gut sichtbar hinterlassen, falls jemand danach suchen würde, aber sie hätten dafür gesorgt, dass ihn niemand anderes mitnimmt." Ginnie hätte es vorgezogen, sie hätten ihn einfach ins Fundbüro gebracht, aber dann wäre Bill vielleicht erfolgreich gesprungen.

„Ist es okay, wenn ich jetzt ins Kino zurückgehe?", fragte Jake seinen Vater.

„Klar, Kleiner." Alan nickte.

Jake drehte sich um und blieb stehen, um seinen Onkel anzusehen. „Danke, dass du Bunny gefunden hast, Onkel Nick. Monica ist jetzt wieder glücklich."

Jake drehte sich weit genug, um Ginnie anzusehen. „Danke auch dir, Tante Ginnie." Und wie aus dem Nichts rannte er um die Tische herum und zur Tür hinaus.

Als sie in die Richtung starrte, in die Jake gerast war, bemerkte sie, dass ihr Kiefer leicht offen stand, und klappte ihn zu. Bis jetzt hatten die Kinder sie Miss Ginnie genannt. Wo also kam das Tante her?

Nick drückte ihre Hand, stand auf und sah seine Familie an. „Wenn ihr uns entschuldigt." Er wandte sich an Ginnie. „Wir müssen reden."

Noch nie in seinem Leben war Nick so nervös gewesen wie in diesem Moment. Als die Kinder ihn gefragt hatten, ob er Ginnie heiraten würde, hatte er die Frage umgedreht und sie gefragt, ob sie Ginnie zur Tante haben wollten. Offenbar hatte Jake gerade ihre Antwort gegeben.

„Ich hoffe, es hat dich nicht gestört, dass Jake dich Tante Ginnie genannt hat?"

Ginnie schüttelte den Kopf.

„Gut." Er führte sie eine Treppe hinauf und hinaus an Deck. „Das wird mir fehlen."

„Die Sterne auf See sind unglaublich." Ginnie starrte in den Himmel.

Er zog sie zu sich und ließ seine Hände sanft auf ihre Hüften fallen. „Ich meine nicht den Himmel oder das Meer oder die Sterne."

Ihre Wangen färbten sich rosa und er zog sie noch ein wenig näher an sich. „Ich habe mit der Rezeption gesprochen und mit dem Manager und sogar mit dem Kapitän."

„Du hast mit dem Kapitän gesprochen? Worüber?"

„Auf dieser Kreuzfahrt ist viel passiert. Nicht nur die Passagiere wie meine Schwester und Alan und ihre Familien hatten Unannehmlichkeiten. Aber wenn es nach ihnen geht, war das das Beste, was ihnen hätte passieren können. Wir werden diese Kleinigkeit einfach nicht mit der Kreuzfahrtgesellschaft teilen."

Ginnie kicherte. „Wahrscheinlich eine gute Idee."

„Ohne die raue See hätte sich Mom nicht den Knöchel verletzt, und ohne dich hätte ich mich ganz allein um die Kinder kümmern müssen."

Ihre Augen strahlten sanft, als ihr Lächeln breiter wurde. „Du hättest es auch ohne mich geschafft."

„Ich hätte es überlebt, aber wir hätten nicht so viel Spaß gehabt."

„Es hat Spaß gemacht. Danke, dass ich dabei sein durfte. Ohne euch alle wäre es für mich vielleicht ziemlich langweilig geworden."

„Das können wir ein anderes Mal diskutieren." Er schluckte schwer und fuhr fort. „Im Moment ist wichtig, dass die Kreuzfahrtgesellschaft zustimmt, dass du ebenso Unannehmlichkeiten hattest, und dass sie die Risiken anerkennen, die du eingegangen bist, um zu verhindern, dass ein Mann über Bord geht. Obwohl ich vermute, dass die schlechte Publicity, die sie vermieden haben, nicht geschadet hat. Sie geben dir ebenfalls eine kostenlose Kreuzfahrt, genau wie den Familien, die Unannehmlichkeiten hatten, weil sie vorzeitig den Anker lichten mussten."

„Was?" Ihr Mund klappte wieder auf und Nick musste widerstehen, ihr die Überraschung aus dem Gesicht zu küssen.

„Du holst aus diesem Schlamassel eine kostenlose Kreuzfahrt heraus."

„Wow." Sie blinzelte und runzelte die Stirn. „Eine Kabine ganz für mich allein?"

„Wie du möchtest."

Ihr Gesichtsausdruck blieb ernst. „Kann ich jeman-den mitbringen?"

„Ebenfalls", er zuckte mit den Schultern, „wie du möchtest."

Das Stirnrunzeln wurde durch ein Lächeln ersetzt. „Gott, ich frage mich, wen ich einladen könnte?"

Er zog sie näher an sich, legte einen Finger unter ihr Kinn, hob ihr Gesicht an und küsste sie. Kein hastiges, schnelles *Freut-mich- dich-zu-sehen-*Küsschen auf die Lippen, sondern eine langsame, sensible, sanfte Berührung, um alles auszudrücken, was er für Ginnie empfand, und mehr.

Als sie sich lösten, um wieder zu atmen, stieß er einen langsamen Seufzer aus und legte seine Stirn an ihre. „Ich habe gehört, Kreuzfahrten sind ausgezeichne-te Flitterwochen."

Ginnie sagte kein Wort, sie nickte kaum.

Seine Augen waren geschlossen. Ihre Stirn lag immer noch an seiner, und er betete, dass er es richtig machte und nicht dabei war, die einzige Frau zu verschrecken, die ihm jemals dieses Gefühl gegeben hatte. „Natürlich bräuchte ich eine Ehefrau, um Flitterwochen zu machen."

In dem Moment, als die Worte aus seinem Mund waren, legte Ginnie ihren Kopf in den Nacken und blickte zu ihm auf.

„Ich glaube, ich sage das nicht richtig." Er kniete nieder und sah zu ihr auf. „Ich sollte einen Ring haben, und wenn du ja sagst, kaufe ich dir, was du willst. Und wenn du mehr Zeit brauchst, kann ich warten. Aber Giovanna Ummarino, ich kann mir nicht mehr vorstellen, noch einen einzigen Tag ohne dich zu leben. Würdest du mir die Ehre erweisen und meine Frau werden?"

Als sie ihn so lange anstarrte, dachte er, sie suchte nach einer höflichen Art, nein zu sagen. Schließlich kniete sie vor ihm nieder. „Träume ich?"

Er schüttelte den Kopf.

„Du willst mich wirklich heiraten?"

„Wirklich."

Ein langsames Lächeln umspielte ihre Lippen und sie schlang ihre Arme um ihn, sodass sie beide auf das harte Deck fielen. „Ja, ja und verdammt nochmal ja."

# EPILOG

„**D**as ist so aufregend." Antoinette Ummarino rührte die hausgemachte Soße ein letztes Mal um, bevor sie die Karotten herauslöffelte. Wie ihre Mutter und deren Mutter vor ihr hatte sie Karotten für ihr wöchentliches Soßen-Ritual verwendet, um die Säure der Tomaten abzumildern. Soße mit Zucker ließ sie das Gesicht verziehen und brachte sie so weit, sie wieder ausspucken zu wollen.

„Was ist so aufregend?" Mit einem Bier in der Hand richtete sich Giovanni Ummarino auf und schloss die Kühlschranktür. „Das Familienessen?"

Seine Tante verdrehte die Augen und seufzte. „Du weißt, ich liebe Sonntage. Die ganze Familie hier. Alle lachen, spielen und essen."

Natürlich aßen sie. Sie waren Italiener, das Wort war fast gleichbedeutend mit Essen. Für jedes Mal, das er seine Tante Antoinette einmal *mange* sagen gehört hatte, hatte er es tausendmal von seiner Mutter, seinen anderen Tanten und seinen Großmüttern im Clan gehört.

„Also, was ist so aufregend?"

Sie lächelte schüchtern, wie sie es meistens tat, wenn ihr eine Idee kam, die dem Empfänger kaum gefallen würde, und starrte wehmütig aus dem Fenster. Die Wehmut konnte die Nervosität in seinem Bauch nicht wettmachen, die das Lächeln heraufbeschwor, das normalerweise immer dann kam, wenn sie ein

Familienmitglied dazu brachte, etwas zu tun, was es nicht tun wollte. „Ich werde endlich Enkelkinder haben."

„Enkelkinder?" Er blickte aus dem Fenster auf die Familie, die den Sonnenschein und die Wärme genoss, die der Beginn des Sommers mit sich brachte. „Wer?"

„Irgendwer."

Hatte seine Lieblingstante endlich den Verstand verloren? Er warf einen weiteren Blick auf seine Cousinen. Mina und Kent waren nun schon seit ein paar Jahren verheiratet, auch wenn sie in seinen Augen immer noch wie frisch verheiratet wirkten. Jedes Mal, wenn dieser Mann Mina ansah, konnte sogar ein Idiot sehen, wie sehr er sie liebte. Dasselbe galt für Mina, wenn sie in der Nähe von Kent war. Mit Jo war es genauso. Sie und Dylan waren seit etwas mehr als einem Jahr verheiratet und wie die älteste Ummarino-Tochter war sie so glücklich wie ein Fisch im Wasser. Die beiden sahen genauso unerträglich süß aus wie an dem Tag, als sie von der Kreuzfahrt, auf der sie sich kennengelernt hatten, nach Hause gekommen waren. Keine der beiden Frauen schien Anzeichen einer Schwangerschaft zu zeigen.

Beim Krocketspiel flirteten Ginnie und ihr Verlobter mehr, als dass sie spielten. Zuzusehen, wie sie sich anlächelten, die Schultern aneinanderlegten, Küsse zuwarfen oder kurz die Hand des anderen nahmen und drückten, war für Giovanni irgendwie unterhaltsam, wenn auch ein bisschen übelkeitserregend. Er konnte sich nicht vorstellen, jemals so vernarrt in eine Frau zu sein. Zumindest war Nick ein netter Kerl, und Giovanni, oder Johnny, wie ihn jeder außerhalb der Familie nannte, mochte ihn genauso sehr wie die Ehemänner seiner anderen Cousinen. Sie hatten alle ihre Seelenverwandten gefunden, aber er konnte sich nicht vorstellen, dass Ginnie schon vor der großen

Hochzeitskreuzfahrt schwanger war. Auch wenn die beiden aussahen, als wären sie miteinander verschweißt.

Wovon also sprach seine Tante?

Während er seine Cousinen immer noch beäugte, beobachtete er, wie Ginnie und Nick ihre Schläger weitergaben, sich an den Händen nahmen und auf das Haus zumarschierten.

Vielleicht sprach seine Tante nur Wunschdenken aus?

„Du siehst verwirrt aus." Ginnie kam durch die Hintertür herein, ihr Verlobter an ihrer Seite.

„Ich denke nur an etwas, das deine Mutter gesagt hat."

„Denk nicht zu viel nach, sonst bekommst du vielleicht Kopfschmerzen." Ginnie holte eine Cola aus dem Kühlschrank und reichte sie Nick.

Der Mann nahm das Getränk mit einem Lächeln entgegen. Mit seiner freien Hand zog er seine Verlobte in seine Arme, gab ihr einen nicht zu schnellen Kuss auf die Lippen und sagte leise: „Danke." Sein Tonfall war so tief und sinnlich, dass sich wahrscheinlich jede Frau in seine Arme geworfen hätte. Aber es gab nur eine Frau, auf die er ein Auge geworfen hatte, und die war bereits in seinen Armen.

„Nicht in meiner Küche." Ginnies Mutter gab ihrem Mädchen einen Klaps auf den Hintern und ging weiter in Richtung Speisekammer.

„Üben, Mamma, üben", neckte Ginnie zurück.

Die Hintertür ging quietschend auf und Mina trug eine leere Chips-Schüssel herein. „Die Massen verhungern."

„Immer mit der Ruhe." Seine Tante wedelte mit einem Holzlöffel vor ihrer ältesten Tochter herum. „Sag den Massen, die Nudeln sind fast fertig."

Einen Moment später kam auch Jo in die Küche.

„Tante Maria möchte wissen, wo ihr Salat ist."

„Im Kühlschrank. Deine Cousine Rosa hat ihn vorhin angemacht."

Die Schwestern tummelten sich in der Küche und halfen ihrer Mutter, das Bataillon mit Essen zu versorgen. Nicht, dass er viel über schwangere Frauen wusste, aber er bemerkte bei keiner von Tante Antoinettes Töchtern etwas Besonderes.

„Hey, solange ihr alle hier seid." Giovanni verschränkte die Arme. „Wer von euch ist schwanger?"

Alle drei stammelten, ließen die Kinnladen herunterfallen und blinzelten ihn mit hervorquellenden Augen an.

„Giovanni Ummarino, was ist los mit dir?" Seine Tante blickte ihn finster an. „Seit wann bist du ein Plappermaul?"

„Seitdem meine Neugier überhandgenommen hat." Er drehte sich um und sah seine Cousinen wieder an. „Also, wer ist es?"

„Sieh mich nicht an." Ginnie schüttelte den Kopf, öffnete den Kühlschrank erneut und holte Tante Marias Salat heraus.

Jo und Mina sahen sich an, dann schüttelten beide langsam den Kopf.

„Niemand?"

Alle Köpfe im Raum drehten sich von einer Seite zur anderen.

„Tante Antoinette, warum spielst du mit mir? Niemand ist schwanger."

Seine Tante zuckte mit den Schultern.

„Warum sagst du Cousin Johnny, dass eine von uns schwanger ist?" Mina starrte ihre Mutter an.

„Weißt du, wie oft dein Vater Zahnschmerzen hatte?"

Alle Schwestern verdrehten die Augen, aber es war

Mina, die das Wort ergriff. „Ja, Mamma. Dreimal in seinem Leben."

„Das stimmt." Minas Mutter nickte. „Als ich mit jeder von euch schwanger war." Die Matriarchin der Familie wartete einen Moment, bevor sie fortfuhr. „Du weißt, was ich von Oliven halte."

„Du magst sie nicht", antwortete Jo schnell.

„Außer?", hakte ihre Mutter nach.

Diesmal war es Ginnie, die antwortete. „Als du mit uns dreien schwanger warst."

„Genau. Und weißt du, was gestern passiert ist?"

Alle in der Küche schüttelten den Kopf.

„Ich war im Supermarkt, um die Zutaten für das Sonntagsessen zu besorgen, und habe Oliven gekauft."

„Du hast also Oliven gekauft? Na und?", fragte Giovanni.

Seine Tante drehte den Kopf zu ihm herum. „Und heute ist dein Onkel mit Zahnschmerzen aufgewacht. Ich weiß, dass ich nicht diejenige bin, die schwanger ist, also kann das nur eines bedeuten."

„Dass Onkel Vito zum Zahnarzt muss?"

„Nein." Sie winkte ihrem Neffen frustriert zu. „Wenigstens eines meiner Mädchen wird ein Baby bekommen."

„Wenigstens?", wiederholten Mina und Jo.

„Wie gesagt", Ginnie grinste ihre Schwestern breit an, „ich nicht."

Gleichzeitig wurden die Stimmen in der Küche plötzlich lauter und schneller, und Giovanni hatte das Gefühl, dass seine Tante vielleicht doch recht hatte.

Seine Tante trat neben ihn und beugte sich vor. „Ich habe es ihnen nicht gesagt, aber ich habe zwei Gläser Oliven gekauft." Und mit diesen Worten wandte sich seine Tante grinsend wieder ihrem Topf mit Soße zu.

Zwei Olivenkrüge konnten nur eines bedeuten: Die

nächste Generation der Ummarinos würde vielleicht am selben Tag Geburtstag haben, und er würde seine Rolle als Onkel Johnny ganz bestimmt genießen.